U0065418

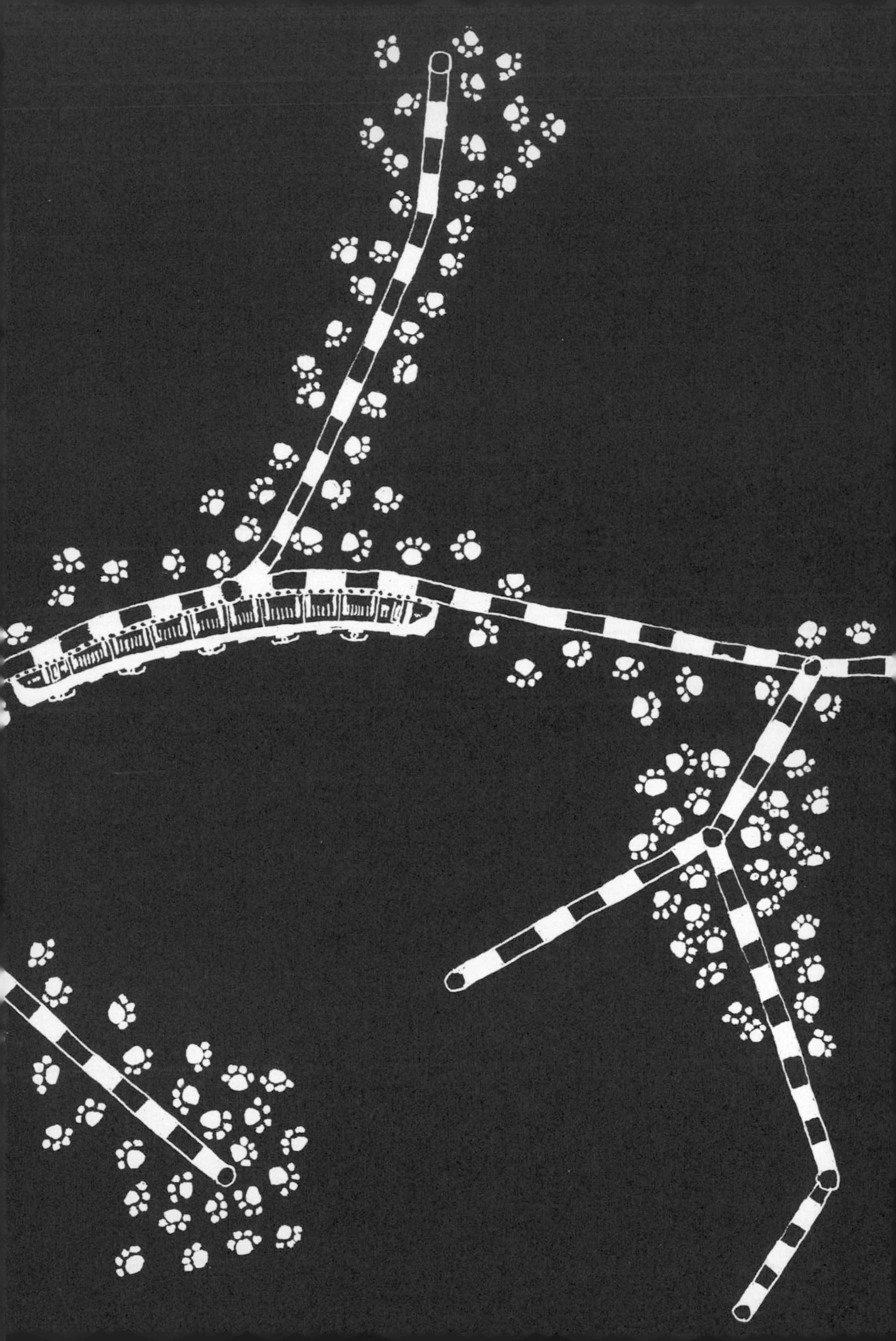

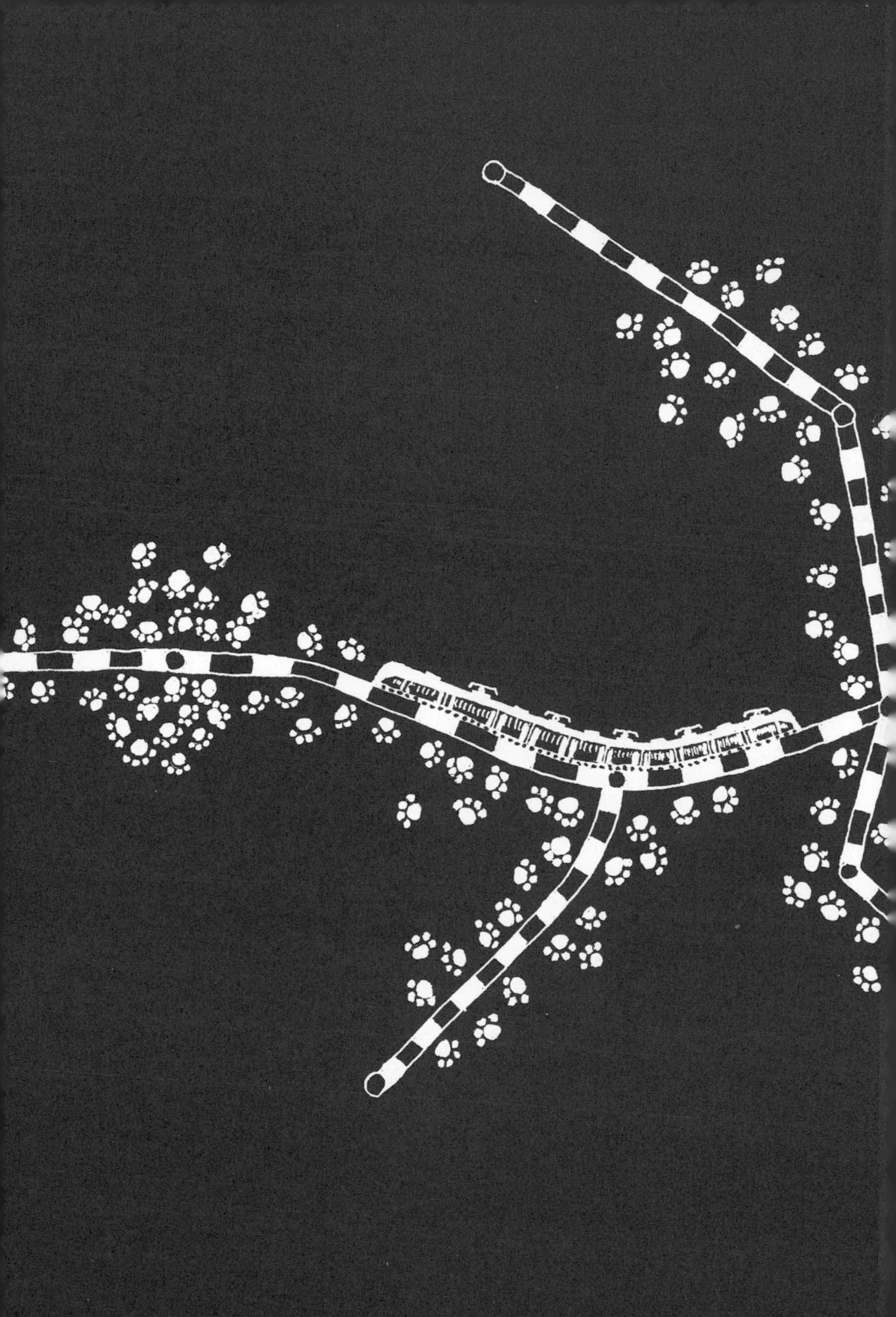

樂讀456 ——進階101

黑貓魯道夫5

魯道夫與米克斯

文 齊藤 洋　圖 杉浦範茂　譯 游韻馨

目錄

序

我叫魯道夫。

相信大家都一樣，沒人記得自己剛出生時候的事情。我想我應該是在岐阜的某個地方出生，後來被一戶人家收養，那戶人家有個小女孩，名叫理惠。我當時很小，對於自己是如何被領養的，一點記憶也沒有。從我懂事以來，我就住在岐阜市內的理惠家裡。如果沒有任何意外，我現在一定還是理惠家養的寵物貓。

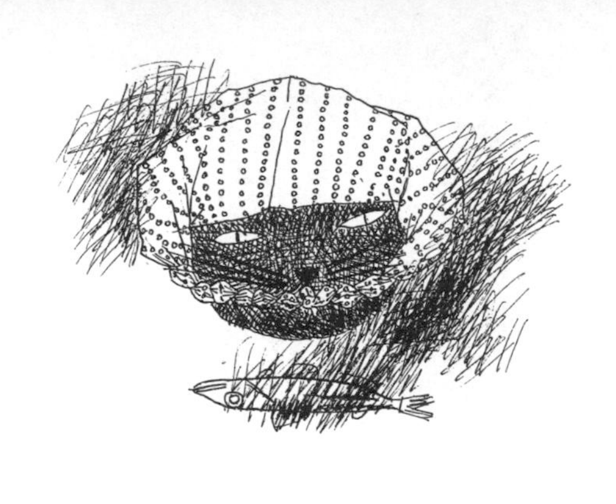

世事難料，我想人也是一樣的，一個小插曲就能讓生活產生天翻地覆的改變。

改變我命運的小插曲，就是我在商店街的魚店偷了一隻柳葉魚。

當時我嘴裡咬著柳葉魚，魚店老闆在後面追著我跑，要是我成功甩掉他，今天應該還是理惠家的寵物貓。

我被魚店老闆追趕，情急之下跳上一輛準備開走的大貨車。魚店老闆眼見我快要逃走，立刻扔出手中拖把，正好打中我的頭，我就這麼暈了過去。等我醒來，已經在東名高速公路上，直接被載到東京的江戶川區。

話說回來，我這樣應該也算是甩掉魚店老闆了吧？從他的立場來看，我這隻小偷貓逃走了；但是從我的角度來說，我也逃得太遠了！

我現在說得出岐阜和東京這些江戶川區的地名，並不是因為我早就知道。在此之前，我只知道理惠家在三丁目。

我來到東京後認識的第一個朋友是可多樂，他問我是從哪裡來的，我回答他：「我來自三丁目。」

沒想到可多樂繼續問我：

「哪裡的三丁目？光說三丁目怎麼知道是哪裡？日本全國的三丁目多得不得了。」他說

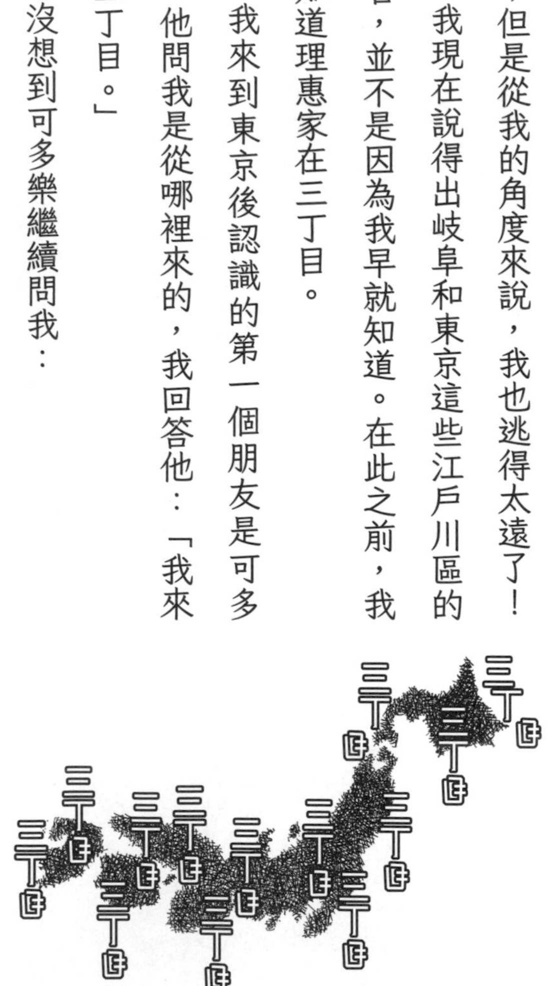

得確實沒錯。

儘管如此，當時的我根本搞不懂可多樂在說什麼。

可多樂是一隻老大貓，他現在在地盤上依舊呼風喚雨。不過，他不只是一隻老大貓。他不僅認識字，還會寫字，以一句話來形容，就是一隻有教養的貓。

在可多樂的認知裡，無論是貓或人類，教養都是很重要的。我現在也是這麼想。

對了對了，說起可多樂這個名字，當初我問可多樂叫什麼名字，他回答我：「我的名字可多了。」其實他的意思是他有很多名字，但

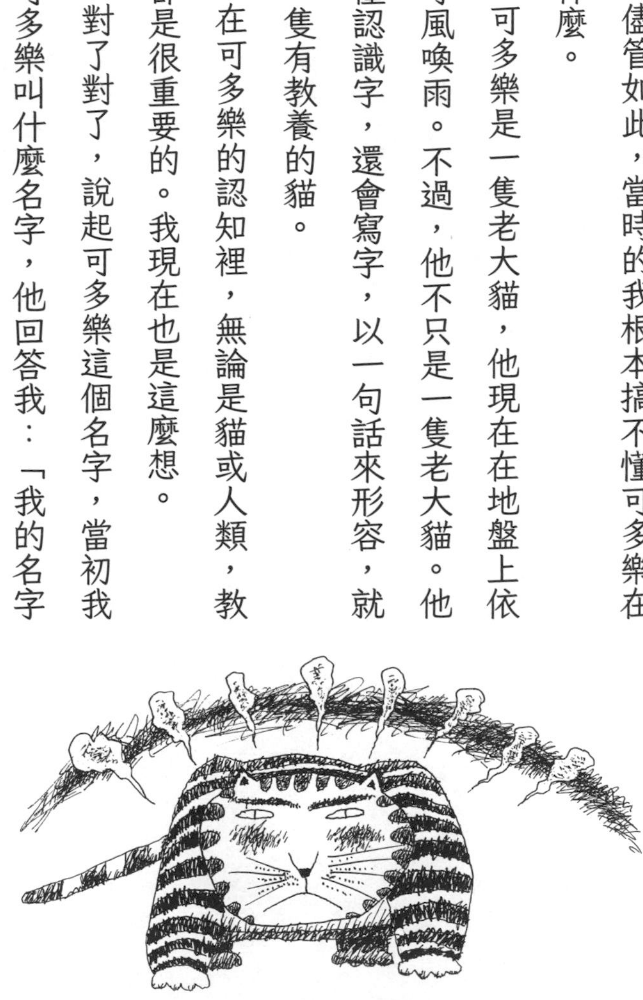

我還以為他就叫做「可多樂」。

可多樂真正的名字是「虎哥」，可是我喜歡「可多樂」這個名字，而且他也不排斥我這麼叫他，所以我都叫他可多樂。

可多樂認識我的時候還是一隻流浪貓，住在神社的地板下方。他原本是日野先生養的寵物貓，後來日野先生搬到美國去，他就變成流浪貓。沒想到日野先生又搬了回來，於是他再度變成日野先生的寵物貓。

日野先生離開的那段期間，我跟著可多樂一起當流浪貓，可多樂也教了我許多事情。多虧有他，我現在看得懂字，也會寫字。我要成

為博學多聞的貓。不過，跟可多樂比起來，我還差得遠呢！

最近我晚上大多睡在日野先生家，有時也會窩回神社地板下。話雖如此，我通常都在日野先生家吃飯，這麼說，我也算是寵物貓吧！

我到東京之後認識的朋友，除了可多樂之外，還有米克斯、阿里、小雪……最近認識的新朋友是白雪公主。

除了貓咪以外，我也和鬥牛犬大魔頭是好朋友。雖然我們是不打不相識，剛開始都看對方很不順眼……

總而言之，之前我總共出了四本書，分別

是《魯道夫與可多樂》、《魯道夫・一個人的旅行》、《魯道夫與來來去去的朋友》、《魯道夫與白雪公主》，再加上各位手上的這一本《魯道夫與米克斯》，我已經寫了五本書。

我在寫這本書的時候，盡量寫得簡單有趣，即使是沒有讀過前四集的人，也能讀得津津有味。不過，之前還發生過許多事，各位如果有機會，不妨找時間讀完其他四本書。

對了對了，差點忘了最重要的事情。

我是一隻黑貓。

可多樂是一隻虎斑貓，毛色是偏灰的棕色，帶有黑色條紋。他的體型很壯碩，遠遠看

起來真的不像一隻貓。

還有另一件事也很重要，那就是米克斯的故事。

米克斯原本也是一隻寵物貓，後來主人搬家，他就變成流浪貓。

米克斯貓如其名，是一隻帶有混合風格的黑白雙色貓。

衷心希望各位讀完本書會覺得「真是有趣」，這是我最開心的事情！

1

洗潤梳三重攻擊、羅馬拼音學成宣言與五分熟牛肉

可多樂曾經說過，在外國即使過了耶誕節，街上的耶誕裝飾也不會收起來，而是一直放到過年，當新年擺飾，我不知道這是不是真的。我覺得在耶誕樹下說「新年快樂」，也不會有過新年的感覺。

可多樂的主人日野先生家的客廳裡，有一棵比人還高的耶誕樹，上面掛滿小吊飾，日日夜夜都點著燈。

在日野先生家當幫傭的老婆婆，很喜歡耶誕燈飾明滅閃爍的模樣，她早上過來的時候，一定會將燈飾切換成閃爍模式。可是，等到幫傭婆婆結束工作回家，客廳的耶誕燈飾不知道什麼時候又從閃爍模式變回全亮模式。

並不是日野先生家的耶誕樹安裝了自動切換裝置，而是某種手動式，或者說是前腳式的切換法……總之，就是可多樂每次都說：「這些燈好刺眼啊！我受不了了！」然後就伸出他的前腳把燈改成全亮模式。

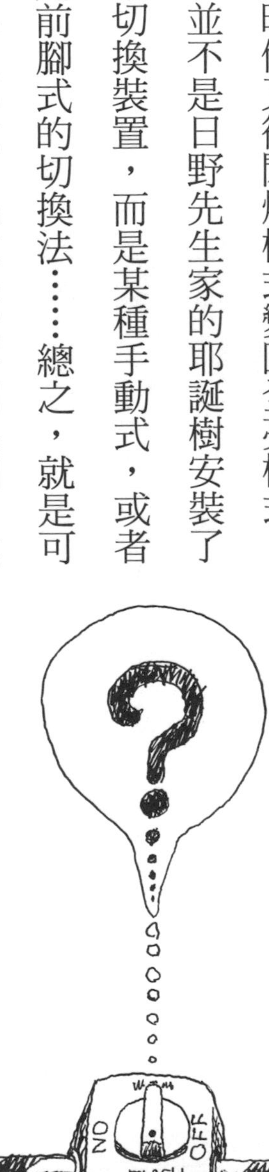

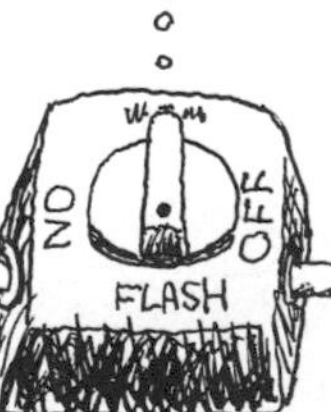

到了第二天早上幫傭婆婆來的時候，發現燈全亮著，就覺得一頭霧水。雖然她不知道發生什麼事，但還是會將燈切換成閃爍模式。如果我在旁邊，幫傭婆婆就會問我：「是不是你幹的？亂按開關很可能會觸電，全身滋滋滋的，很危險喔！」

幫傭婆婆還以為是我亂按開關。

晚上閃爍、白天全亮的耶誕燈飾，到了十二月二十六日早上，連帶整棵耶誕樹都被幫傭婆婆收起來了。當天下午，家裡來了好幾名工人，在日野先生家門口兩旁擺放了門松（注）。

這下子整個家都充滿了過年的氣氛！

十二月二十六日中午過後，白雪公主到日野先生家玩。她不久前才從橫濱回來。

白雪公主是可多樂地盤旁，往西隔兩個地盤的老大貓的妹妹。她有時會到日野先生家住一晚。

白雪公主是一隻體型很大的長毛白貓。看起來像波斯貓，雖然不知道是不是純種，但可以確定的是，應該有波斯貓血統。

白雪公主的英文是「Princess Snow White」。

格林童話中的白雪公主沒有用爪子抓反派巫婆的眉間；也沒有咬她的脖子；或是咬住她的脖子再甩頭將她拋向遠方，接著看準她掉下來的時機撞過去，最後又緊咬著她的脖子從港邊棧橋甩下去，將她的身體吊在海面上搖搖晃晃。

剛剛說的這些事都是眼前這隻白雪公主貓做的，對象是橫濱山下公園的老大貓。我為什麼會知道？因為我就是目擊證人啊！

我忍不住想，要是可多樂和白雪公主真的打起架來，到底誰會贏呢？

我光是想像他們兩個瞪大眼睛盯著對方的場面，就嚇得全身發抖。所以我決定不去追求這個問題的答案。

話說回來，白雪公主為什麼會來日野先生家？答案很簡單，她要幫傭婆婆幫她洗澡，之後再用「專為貴婦貓設計的高級潤絲精」細心呵護全身毛髮。

日野先生經常出國。每次他出國，幫傭婆婆晚上就會過來看看我們好不好。可是，幫傭婆婆好像覺得只來看我們太敷衍了，一定要為可多樂和我做些什麼，於是使出「洗毛、潤絲、梳毛」三重攻擊大絕招。不過最近這一陣子，就連日野先生在日本的時候，幫傭婆婆也會這樣對我們。

這一切都要怪白雪公主。

白雪公主很喜歡「洗潤梳三重攻擊」，她根本不在乎可多樂和我的意願。

無須我多做說明，相信各位應該也能了解。洗潤梳三重攻擊就是結合了洗毛、潤絲和梳毛，這一連串洗澡的過程當然是越快結束越好。

有一次幫傭婆婆對白雪公主使出洗潤梳三重攻擊，結束後，白雪公主十分滿意自己享受到的「服務」。後來只要她希望幫傭婆婆幫她洗澡，就會用背部摩蹭婆婆的腳，接著以最嗲的貓叫聲向婆婆撒嬌。

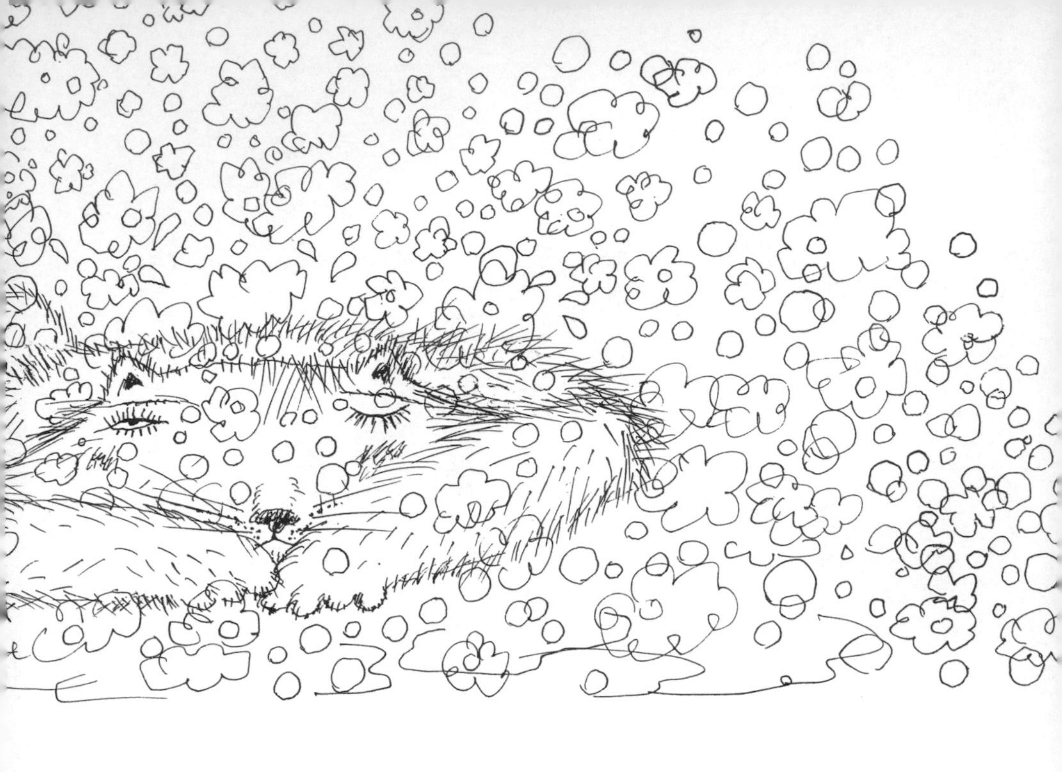

「喵嗚啊嗯。」

「哎呀！是你呀！又想洗澡了對吧？好好好，我立刻幫你洗。」幫傭婆婆說。

婆婆一把撈起白雪公主抱在懷中，帶她進入浴室，使出洗潤梳三重攻擊。對白雪公主來說，洗潤梳三重攻擊根本就是「洗潤梳 SPA服務」。

幫傭婆婆很懂貓咪的

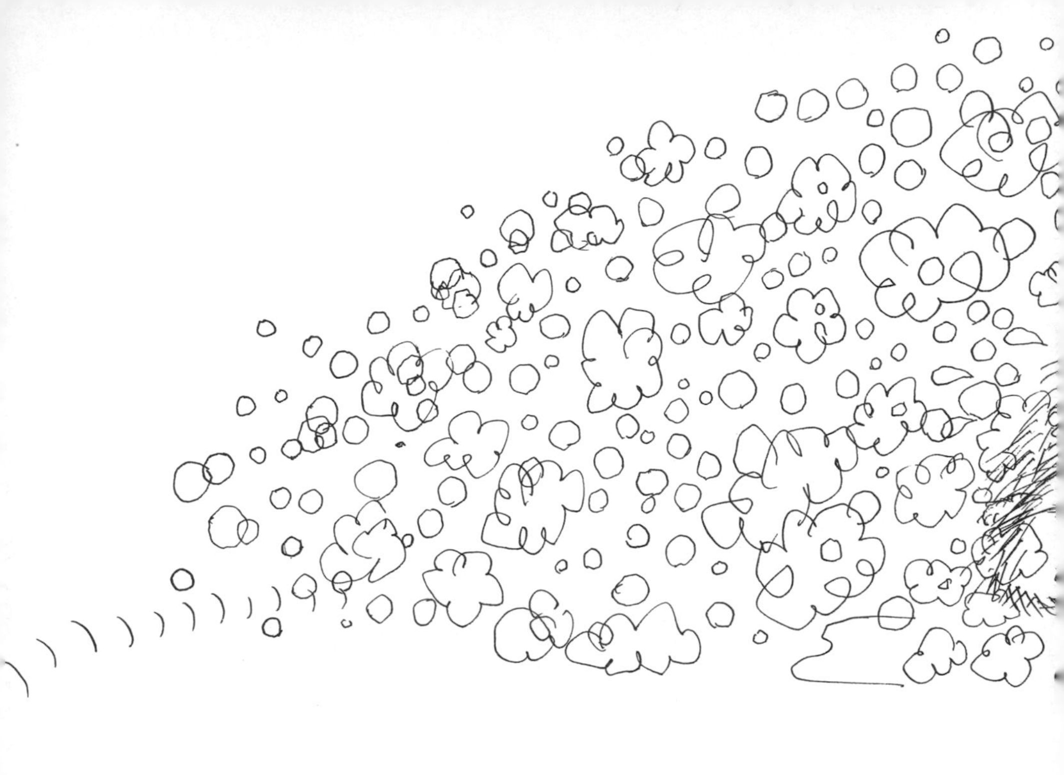

心，這是一件好事，偏偏每次為白雪公主提供洗潤梳SPA服務後，她都會順便把可多樂和我也抓去洗澡。

關於這件事，可多樂認為：「既然住在這個家裡，就要承受這個苦，忍耐點，就當成是繳稅吧！」

就拿米克斯來說吧，雖然他現在是流浪貓，但以前當寵物貓時，對於洗澡、梳毛這類事情早已習慣。可是他也承受不了幫傭婆婆的洗潤梳三重攻擊，只要看到婆婆帶白雪公主進浴室，他就會趁機溜走，不讓婆婆抓到他，而且直到第二天都不敢接近日野先生家。

那一天，白雪公主來日野先生家，向婆婆撒嬌，請她幫自己洗澡。在她享受完洗潤梳ＳＰＡ服務後，換我成為洗潤梳三重攻擊的受害者，最後是可多樂進浴室「繳稅」，而米克斯則在這段期間消失了蹤影。

到了傍晚，幫傭婆婆回自己的家。日野先生從公司下班踏進家門時，可多樂和我待在廚房裡，可多樂正在考我羅馬拼音。羅馬拼音字母和英文字母長得一樣，不過唸法不同。因此也可以說是可多樂在考我英文字母。

可多樂說：「小魯，最後是X，你寫寫看。通常羅馬拼音很少用X這個字母，不過，你如果會寫X，羅馬拼音和英文字母就全學會了。」

我伸出手掌，收緊指甲，在廚房地板寫了一個X。

我從之前就跟著可多樂學習羅馬拼音，也經常在神社內兒童公園的沙坑自習寫字。英文的A到Z大小寫我全學會了，能寫能讀，也會將注音轉換成羅馬拼音。

我的名字魯道夫是德國國王的名字，原本在德文中魯道夫是這麼拼的：「Rudolf」。姑且不論可多樂，世界上有幾隻貓會用德文寫自己的名字？如果我這麼得意，可多樂一定會說：

「你這種驕傲的表現，代表你一點教養也沒有。」

其實我自己也是這樣想的，所以我不驕傲，會寫字對我來說是一種榮耀。

那天晚上，可多樂對我頒發了「羅馬拼音學成宣言」。

在那之後，我、可多樂和白雪公主，一起享用了日野先生帶回來的壽喜燒五分熟牛肉。

日野先生每次帶食物給我們的時候，也會帶一份給隔壁小川先生家的鬥牛犬大魔頭，所以今晚大魔頭一定也在吃壽喜燒牛肉。

吃完晚餐，我和可多樂躺在客廳溫暖的沙發上。我靠在可多樂身上，心想：要是米克斯也能忍耐一下洗潤梳三重攻擊，就能吃到牛肉了……雖然為米克斯感到可惜，但

我還是充滿幸福感的沉沉入睡。

注：日本過年期間立於家門口旁邊，由松樹與竹子製成的新年裝飾。

2

米克斯的大絕招與不是魚而是注音的差異

第二天，白雪公主在日野先生家吃完午餐就回家了。

日野先生家的廚房有一個狗用的飼料碗，裡面放滿了貓餅乾。白雪公主就是吃那個。

與可多樂地盤相鄰的西邊是布朗的地盤，可多樂護送白雪公主到她的地盤邊境。可多樂悄悄的對我說：

「這世界上每隻貓都愛惜自己的性命，我相信應該沒有貓想找白雪公主打架。不過，護送她走一半的路程，是一隻有教養的貓應盡的義務。」

每當這種時候，除非可多樂找我一起去，不然我不會跟。這也是一種有教養的表現。

我送他們兩個走出日野先生家之後，獨自往神社走去。

最近米克斯比較常睡在神社的地板下方，而非日野先生家。

我穿過鳥居，從神社地板下方的格柵縫隙看過去。米克斯正像一隻貓一樣蜷伏著，在看什麼東西。

「米克斯。」我出聲叫他。

他立刻起身，從格柵縫隙穿出來。

「昨晚的洗潤梳三重攻擊還好吧？」米克斯問我。

「和平時一樣啊。不過，昨晚日野先生帶了壽喜燒牛肉回來給我們吃，要是你在就好了。」

其實我應該幫米克斯留一片牛肉的，但這陣子我每次幫他留食物，他都會很認真的說：「你這樣事事為我著想，我反而不好意思去日野先生家了。我不在的時候就別管我了。」

雖然不知道他為什麼要這麼說，但我還是照他說的做了。

米克斯接著說：

「就算是為了壽喜燒牛肉，要我忍受洗潤梳三重攻擊，我也覺得不划算。再說，我喜歡吃魚勝過吃肉。」

就在這個時候，我發現米克斯

左耳旁禿了一塊，便問他：

「你怎麼了？左耳旁怎麼禿了一塊？」

「沒什麼，季節變換的時候都會掉毛。」

再不久就要過年了，現在根本不是季節變換的時候。

我往前探頭，想要看清楚米克斯掉毛的地方是怎麼回事，他立刻偏過頭去說：

「走開啦！你要跟我接吻嗎？」

我沒回應米克斯開的玩笑，對他說：

「米克斯，你是不是和誰打架了？」

米克斯輕輕嘆一口氣回答：

「唉，還不到打架那麼嚴重啦！只是有個傢伙看不起我，我

教他什麼是禮貌而已。」

「對方是誰？」我進一步追問。

「最近常常遇到的傢伙。全身是白的，只有背部是灰色，看起來很像烏龜殼。他長得圓滾滾的，應該是哪戶人家養的貓。」

「是公貓嗎？」

「當然是公貓啊！我怎麼會跟母貓打架！跟母貓打架也太沒教養了，對吧？」

「嗯，說得也是。對了，你們怎麼會打起來？」

米克斯描述當時的情形：

「昨天我從日野先生家回來時，那傢伙就蹲在神社香油錢箱前的階梯上，那是你最喜歡的地方。其實我也很喜歡那裡，天氣好的時候坐在那裡望著鳥居，不知不覺就打起瞌睡來，那種感覺真舒暢，對吧！」

「是啊，身心非常舒暢呢！」我點點頭附和他。

米克斯接著說：

「說真的，神社不是你的也不是我的，誰要坐在那個階梯上都行。但那傢伙一和我對上眼，就開始在階梯磨爪子。我就跟他說：『你要坐在那裡是你的自由，但可以請你不要在階梯上磨爪子嗎？』」

我突然感到很緊張，心臟越跳越快。

「然後呢？」

我急著追問接下來的發展，米克斯回答：

「然後他就說：『要我不在階梯上磨爪子也可以，那我就在你的臉上磨吧！』說完還突然伸出爪子攻擊我，我來不及躲開就受傷了。這點小傷沒什麼大不了，但他攻擊我，可不能就這麼算了。」

「對，不能就這麼算了。那你後來怎麼辦？」

「我就繞到他後面去，使出我的大絕招『超級勒頸技』將他勒暈了。」

超級勒頸技其實是人類職業摔角運動的招式，就是繞到對手背後，用手臂勒住對方的脖子，又稱為「背後勒頸」。這是米克斯最擅長的招式，他還會用這一招來抓鴿子。

我吞了一口口水，慎重的問：

「你勒暈他了？那後來呢？他醒了嗎？」

「過一會兒他就醒了。你放心，他暈過去的時候，我什麼也沒做。那個傢伙醒了之後就站起來看了我一眼，接著別過頭，朝鳥居走去。然後我在他身後大喊：『算你運氣好，這裡是虎哥的地盤。要是虎哥在的話，你現在就不能走著回去了！』」

「啊……沒想到還發生了這樣的事情。」

我嘆了一口氣，米克斯

接著說：

「都是虎哥不好，他最近已經完全變成一隻寵物貓，根本不來巡視他的地盤。所以那隻沒禮貌的烏龜貓才會在這裡撒野，我都不知道該怎麼辦才好。」

我又看了一眼米克斯的傷口，對他說：

「你去小雪家，請獸醫幫你看一看吧！」

小雪……應該說是米克斯的女朋友嗎？還是戀人呢？總之，米克斯和小雪生了小孩……嗯，就是這麼一回事。哎呀！這不是重點，重點是小雪是獸醫養的貓，所以只要去找她，就能找到獸醫，請獸醫幫忙治療傷口。

不過，米克斯好像不想去找小雪，他說：

「如果是你，會為了這點小傷讓小雪擔心嗎？」說完便轉換話題，「地板下的那本書是你的吧？那是什麼書啊？」

神社地板下方只有一本書，是我撿到，還用嘴叼過來放的。

「那本是《口袋版諺語辭典》，怎麼了嗎？」

我猜剛剛米克斯在地板下方看的就是那本書，他接下來說的話，證實了我的想法。

「你來之前我一直在翻那本書。」

雖然我猜對了這一點，但接下來的發展完全出乎我的意料。

「那本書有插圖，看起來很有趣。不曉得要學會多少字才看得懂那本書？我在想，我也來學認字好了……」

我當場不知該如何是好。

在今天之前，米克斯一直對讀書認字不感興趣。之前跟他說我撿到《口袋版諺語辭典》的小故事，他還笑我：「你撿那種東西要做什麼？你身上有口袋嗎？」

「你想看那本書嗎？」我問他。

「想！」

這究竟是怎麼一回事啊？我想我一定是瞪大雙眼，直盯著米克斯看吧！因為他看著我的臉說：

「什麼啊！沒必要這麼看我吧？眼睛瞪那麼大是什麼意思？你看不起我嗎？」

「我沒有看不起你。」我怕他真的誤會，趕緊開口解釋，說出我的想法：

「那本書裡的字全都有標上注音符號。簡單來說，就是字旁邊有小小的注音，只要學會注音，就能看懂那本書……」

「喔！注音符號有幾個呢？」

「注音符號有三十七個，不過還要學它們拼起來的規則，才能唸出一個完整的字。還有聲調的差別，如果將不同聲調的音都算進去的話，變化就更多了。」

「這麼說的話，ㄣ與ㄥ是不一樣的注音嘍？以魚類來說，金（ㄐㄧㄣ）魚與鯨（ㄐㄧㄥ）魚是不同的。」

「你說得沒錯，金魚與鯨魚是不同的魚。鯨魚可能會吃掉貓，但金魚不會。話說回來，如果有一隻金魚的體型變得跟鯨魚一樣大，那就太恐怖了！米克斯，你會不會覺得很恐怖？」

「確實很恐怖，可是我們現在不是在講魚類啊！」

「對耶！我們不是在講魚類，是文字。學識字最難的是剛起步的時候，不過你那麼聰明，一定能很快記住，邊寫邊記……」

我的話還沒說完，米克斯就說：

「不，會不會寫字不重要，只是……注音啊……三十七個注音符號好像很多耶！」

於是我馬上提議：

「那你要不要學羅馬拼音？只有二十六個字母喔！」

米克斯一聽就有興趣：

「羅馬拼音是什麼？」

「坐而言不如起而行，我們去沙坑。」

我要米克斯跟我一起去神社內兒童公園的沙坑。順帶一提，「坐而言不如起而行」是《口袋版諺語辭典》裡的諺語，意思是與其坐著空談，不如實際去做，拿出成果比較重要。

我們一到沙坑，我就用前腳在沙地寫下「MAO」。我向米克斯解釋：

「這個是羅馬拼音『貓』的唸法，也就是注音符號『ㄇ』跟『ㄠ』組合在一起的發音。但羅馬拼音字母只有二十六個，所以書寫時通常要用較多的字數來表示。」

米克斯看了看沙地上的文字，接著慢慢抬起頭，對我說：

「可是，如果只學羅馬拼音，就看不懂那本書了吧？」

「是這樣沒錯。不過，學會羅馬拼音，就能看懂路標上的地名，因為路標除了國字之外，通常還會用羅馬拼音標注，方便外國人閱讀。」我說。

「路標上的地名？」米克斯喃喃自語的低頭看向沙地上的「MAO」，最後跟我說：「讓我考慮一下。」

結束學認字的話題後，米克斯問我：「對了，最近都沒看到阿里，他現在怎麼樣了？」

阿里是市川的老大貓，普拉多的弟弟，這陣子也住在日野先生家。

「阿里在耶誕夜回市川了，他說耶誕節和過年一定要回家。」

「原來如此，他回家省親啦！」米克斯接著說：「我好餓喔，去日野先生家吧！」

說完，我們一起往鳥居走過去。

3

喵嗚的微妙差異與一燕不成夏

我和米克斯回到日野先生家時，可多樂正在廚房吃飯，幫傭婆婆幫他準備了鮪魚貓罐頭。廚房裡放的碗很大，那原本是狗用的飼料碗，即使三隻貓一起吃也綽綽有餘。

可多樂從碗裡抬起頭，看到米克斯左耳附近禿了一塊，但他什麼也沒提，只說：

「你們來啦！我先吃了。」

「我開動了。」我對

幫傭婆婆說完，就把頭埋進碗裡。

米克斯刻意調整角度，不讓婆婆看到他的左臉，對婆婆說：

「一直受您照顧，真是謝謝您。」

其實無論是「我開動了」或「一直受您照顧，真是謝謝您」，聽在人類的耳裡都是「喵嗚」。

但不知道為什麼，婆婆總是能聽出「喵嗚」之中的微妙差異。她對我說：「多吃一點喔。」然後對米克斯說：「不用那麼客氣。」

吃完幫傭婆婆準備的鮪魚罐頭午餐後，米克斯邀可多樂一起去神社。我猜他應該是想跟可多樂談談學認字這件事。

雖然米克斯已經問過我了，但我猜他一定也想問問可多樂，了解學認字到底有多辛苦。

要是我在場，他就不好意思問可多樂，我當時學認字時表現得怎麼樣。

我隨口說了一句：「我去找大魔頭聊天。」便走到庭院裡。

日野先生家的庭院和大魔頭的主人小川先生家的庭院，只隔著一道籬笆。籬笆的間隔很寬，高度也不高，不只是貓，就連大魔頭也能自由來去。

大魔頭在狗屋前午睡。

說午睡其實不太精準，他沒有閉上眼睛，只是躺在那裡而已。

雖然現在是冬天，但今天很溫暖，晴空萬里，也沒有風，是最適合晒太陽的日子。

我走到大魔頭身邊，他坐起來對我說：

「昨天晚上的牛肉真是高級，好好吃啊！幫我跟日野先生說聲謝謝。」

雖然大魔頭這麼說，但就算我幫忙轉達他的謝意，日野先生也只會聽到「喵嗚」一聲而已。不過，既然他拜託我，我就一定會轉達，無論日野先生聽不聽得懂。

「好，我知道了。」我說完便在大魔頭身邊坐下來。

我其實沒什麼話要跟他說，我們兩個就這麼靜靜的晒著太陽，這種感覺真是安詳，悠閒又舒暢。

過了一會兒，大魔頭隔著籬笆望向日野先生家。日野先生家的庭院裡沒有任何人在。

「小魯，其實我……」大魔頭轉頭看著我，「這件事我沒跟虎哥和米克斯說……」

大魔頭的表情非常嚴肅，我有預感，他要說的話很重要。

我從大魔頭身邊站起來，走到他的對面，身體挺直，將兩隻前腳放在身前坐了下來。

大魔頭緩緩開口：「搬家……」

聽到這兩個字的瞬間，我發現自己腿軟了。

我心想，難道小川先生要搬家嗎？大魔頭接下來該不

DEVIL

會要說什麼「……的日子已經決定好了，而且要搬到很遠的地方去」吧？我不只腿軟，還很緊張。

沒想到大魔頭說的跟我想的不一樣，他是這麼說的：

「……到別的地方去的米克斯前主人，你還記得吧？就是五金行老闆，我想你應該見過他。我家的太太很喜歡整理庭院，她帶我去過幾次五金行。那裡不只賣五金零件，還賣肥料。」

如果換成平時，我一定會故意抓他語病說：「什麼我家的太太！大魔頭，你什麼時候娶老婆啦？」但現在不是開玩笑的時候，況且母狗也不會去買肥料。

於是我不發一語，靜靜聽他說話。

大魔頭接著說：「前一陣子我看到那個人了。」

米克斯的前飼主因為五金行經營不善倒閉了，搬到茨城縣投靠親戚。當時米克斯的主人想帶他一起去，但米克斯不去。我們都很清楚當時發生的事情。

「在哪裡？什麼時候看到的？」我追問。

大魔頭回答：

「在原本的五金行那裡，就是那個現在改成中華料理店的地方。我看到米克斯的前飼主把車停在店面的停車場，走進店裡。那一天……我記得是耶誕節前兩三天，時間是傍晚。我如果是貓，一定會在停車場等米克斯的前飼主出來，但那天是我家太太

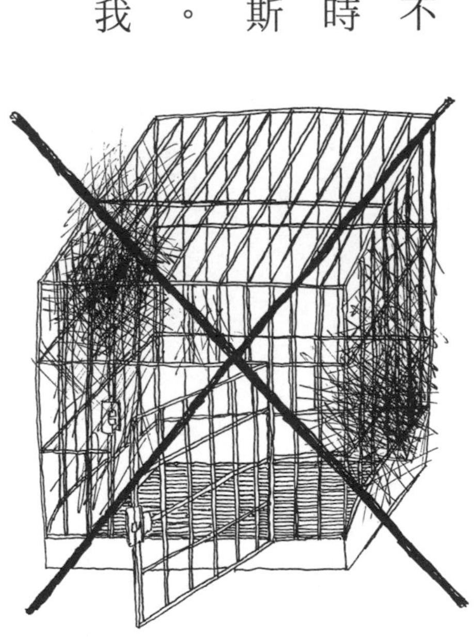

帶我去散步經過，我沒辦法待在那裡等。不過我可以確定，那個人是米克斯的前飼主。」

「你說他開車，他開的是什麼車？大貨車嗎？」

「不，不是大貨車。是一般小客車，白色的。」

我差點要問大魔頭你有沒有看到車牌，是哪裡的車牌？不過，我沒問出口。

如果車牌是茨城縣發的，代表大魔頭看到的人一定是米克斯的前飼主。但大魔頭不識字，問這個也沒用。所以我吞下差點脫口而出的問題，改問其他事情。

「米克斯的前飼主穿得怎麼樣？我的意思是……會不會看起來很窮酸？」

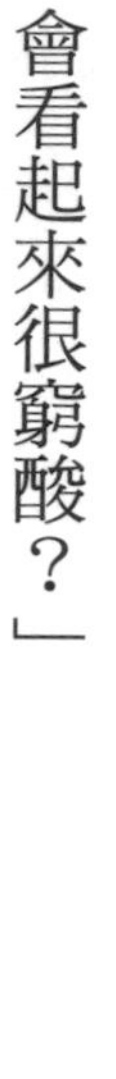

「看起來不像有錢人，但也沒有窮酸的感覺。他穿西裝、打領帶，開的車也很新。下車的時候，手裡還拿著一件黑色大衣。」

我以前從沒看過五金行老闆穿西裝打領帶的模樣。

「大魔頭，你為什麼沒告訴米克斯這件事？」我又問。

「說了又能怎樣？」

「什麼意思？」

「告訴米克斯他以前的主人走進以前的五金行，也就是現在的中華料理店，對米克斯有什麼好處？」

「說不定米克斯的前飼主就是來接他回家的啊！」

聽了我的話，大魔頭看了看日野先生家，再轉頭看著我。

「或許吧，但是『一燕不成夏』，還是別太樂觀的好。」

「『一燕不成夏』？這是諺語嗎？」

「我家老頭講電話時經常這麼說。我說的老頭可不是我爸爸，是我的主人。你呀，有時候會犯傻，我怕你又誤會了。」

「你一說我就知道，你說的是你的主人。」雖然我如此反駁，但如果大魔頭沒有先提「講電話」這件事，我很可能會誤以為是大魔頭的爸爸。因為狗不可能講電話，所以我知道大魔頭講的是他主人，但我還是聽不懂「一燕不成夏」是什麼意思。

不懂裝懂是不好的行為，於是我問大魔頭：

「你剛剛說的『一燕不成夏』，是什麼意思呢？」

「意思是看到一隻燕子飛來，並不代表夏天已經來臨。凡事不可太早論斷。如果米克斯的前飼主只是到這裡來辦事，辦完事之後，想起自己以前開店的地方改成中華料理店，於是在離開前去吃飯，並沒有其他想法的話，那我將這件事告訴米克斯，不是平白讓他傷心嗎？要是他那天來，是大聲喊著米克斯的名字，四處尋找他，我一定會掙脫太太手中的牽繩，立刻跑去找米克斯。」

「可是，就算米克斯的前飼主不是來找他的，難道米克斯不會想見他以前的主人嗎？」

「米克斯可能想見，也可能不想見。」大魔頭說著說著，抖了一下身體才接著說：

「總之，就是這麼一回事。我不想告訴米克斯這件事，但只有我一個人知道，負擔又太重。我告訴你只是想讓你幫我分擔道義責任，我知道這麼做對你不公平，但這件事就拜託你了。我也是米克斯的朋友，但你和米克斯的交情比較深。」

原來他告訴我這麼一段話，是希望由我來決定要不要告訴米克斯，大魔頭曾經在這裡見過他前主人這件事。

「我知道了，這個重擔我來接。大魔頭，你只有在那天看到五金行老闆嗎？之後還有再看到他嗎？」

「只有那一次。」

「這樣啊……」我低語著。

看來五金行老闆，不，前五金行老闆，也就是米克斯的前飼主並不是來接米克斯去茨城的。

再說，如果他是來找米克斯的，他一定會大喊米克斯的名字，四處尋找才對。

4

尷尬的拜訪與忘了問的名字

日野先生家的幫傭婆婆住在一棟屋齡很老的透天厝，她養了一隻混了鬥牛犬血統的混種狗，外表看起來就是一隻長腳鬥牛犬。那隻狗是從千葉縣過來的，一路上四處攻擊有血統證明書的純種貓與純種狗。

江戶川對面的市川和松戶一帶，是農家貓普拉多的地盤。長腳鬥牛犬攻擊了農家主人養的臘腸狗，那時可多樂還為了擊退長腳鬥牛犬前往市川。就在可多樂離開的那段期間，長腳鬥牛犬竟然跑到這裡來，最後是我和米克斯聯手將那隻長腳鬥牛犬引到小川先生家的庭院裡，再由大魔頭和對方單挑，一下子就分出勝負。當然，是大魔頭獲勝。

小川先生的太太發現那隻長腳鬥牛犬倒在自家庭院裡，趕緊請了獸醫過來，將受傷的長腳鬥牛犬送醫治療。在他住院治療的期間，日野先生家的幫傭婆婆看到了他，覺得很可愛，於是決定領養他。那隻長腳鬥牛犬現在已經是幫傭婆婆的寵物狗。

可多樂和我是無庸置疑的流浪貓，在婆婆還沒到日野先生家工作之前，我們經常去婆婆家，她會在玄關餵我們吃小魚乾。我們雖然沒進去婆婆家裡，但知道婆婆家後面有一個小庭院，平時那隻長腳鬥牛犬就養在院子裡。

不過，我不知道婆婆什麼時候會帶長腳鬥牛犬出門散步。

雖然現在可多樂又變成日野先生的寵物貓，婆婆也到日野先生家幫傭，我們和婆婆時常見面，但我從沒去過婆婆家……這似乎有點說謊的嫌疑。這麼說好了，既然幫傭婆婆會到日野先生家工作，日野先生家又有一大堆貓食，我實在沒有必要去她家。不過，我不去婆婆家其實另有原因。

那隻長腳鬥牛犬是在今年夏天成為婆婆的寵物狗，到現在也有半年了。這段期間我都沒見過長腳鬥牛犬。也就是說，我們還沒修補關係，培養友誼。時間對修補關係來說很重要，越早修補越容易成功。隨著時間過去，想到要跟還沒修補關係的長腳鬥牛犬見面就覺得很尷尬。不過事情都過去這麼久了，我想對方應該也不會想要報復我、米克斯和大魔頭。

既然成為寵物狗，婆婆一定幫他取了新名字，但我連他的新名字也不知道。我一直想著有一天一定要去看看他，但一天拖過一天，就這樣擱置了。

眼看就要過年，我想在過年前解決這個問題。那天傍晚，幫傭婆婆離開日野先生家後，我隔著一段距離跟著她回家。

沒想到就在快到婆婆家的時候，米克斯竟然從旁邊的小巷子走出來。米克斯朝我們過來的反方向走去，似乎沒有發現婆婆，也沒看到我。

我不知道米克斯為什麼會從那裡走出來，那條小巷子的盡頭就是婆婆家的廚房門和後院。

之所以跟蹤婆婆回家，是因為我希望我和那隻長腳鬥牛犬見面時，婆婆也在旁邊。雖然他現在應該不會想對我做什麼，但我們兩個單獨見面還是有些尷尬。

我原本的計畫是，等婆婆走到庭院裡摸狗狗的頭時，我就從婆婆的背後走出來，對長腳鬥牛犬打招呼，趁機開啟話匣子。

但剛剛看到米克斯從小巷子走出來，代表米克斯很可能是去見那隻長腳鬥牛犬。如果真的是這樣，米克斯前腳剛走，我後腳立刻跑出來打招呼，這樣太做作了，只會使我們之間更加尷尬。

正當我停下腳步，思考該怎麼做之際，婆婆打開了小小的門，從玄關走進家裡。不過，她進去還不到一分鐘，就拿著購物袋走出來，朝剛剛米克斯離開的方向走去。那條路可以走到車站，車站前面有一間超級市場。

雖然在米克斯之後去見長腳鬥牛犬有點難為情，但若是繼續什麼也不做，我們之間的隔閡只會越來越大。而且仔細想想，因為覺得幫傭婆婆在一旁比較好開口，就想從她的背後跳出來打招呼，這樣做也太卑鄙了，根本是在利用婆婆。所以，我決定放棄原定計畫，重新出發。我走進婆婆家旁的小巷子。

此時太陽已經開始下山，但天空還很明亮。

小巷盡頭的左邊是廚房門，正面是一扇木門。這扇木門的下方有道很寬的縫隙，我從那裡鑽了進去。

與日野先生和小川先生家的庭院相比，婆婆家的後院很小，但仍然有六塊榻榻米那麼大。婆婆家的後院與隔壁院子是用磚牆隔開，沿著圍牆種了幾棵枝幹很細的樹。其中一棵是櫻花樹，我很喜歡櫻花，即使現在沒有花和葉子，我還是一眼就能認出來。

櫻花樹下有一座小池塘，旁邊有一間全新的狗屋。

那隻長腳鬥牛犬就坐在狗屋前，雖然戴著項圈，但婆婆沒有用繩子或鎖鏈把他綁起來。

據我所知，那隻長腳鬥牛犬可以跳很高。他如果真的想跑，可以輕鬆跳過木門，奔向自由。

我停下來看著長腳鬥牛犬，他也看著我。

在我傻氣的說出「喲」向他打招呼之前，對方先開口了：

「你是魯道夫，對吧？」

我很訝異他知道我的名字，而我卻不知道他叫什麼。

我點點頭，長腳鬥牛犬接著說：

「大家都說你能夠想到魔鬼也想不到的計謀。他們說得沒錯，當時我也中了你的計。」

「什麼魔鬼也想不到的計謀，沒有這回事啦……」

「你今天來有什麼事嗎？」

我正想著該如何回答，他又說：

「算了，這不重要。你來得正好，我一直想去找你們打聲招呼。很抱歉在你大哥的地盤引起騷動，造成大家困擾了。不過，當時我也算是耍了點小計謀。關於這點，我向你道歉……」

沒想到長腳鬥牛犬竟然幫我說話。

「我的體型比你大很多，你不可能打贏我，只能用計謀取勝，你這麼做沒有錯。對了，你今天來有什麼事嗎？」

我們之間的對話完全被對方牽著走，我得想辦法奪回主導權才行。

我說：「今天來也沒什麼事，只是打聲招呼而已。」

其實說完這句話，我不知道還要說什麼。

「打什麼招呼呢？」

被他這麼一問，我更不知道要說什麼了。

於是我吞吞吐吐的回答：

「我的意思是……該怎麼說呢？以後請多多指教之類的……」

為什麼連一句話也說不好呢？我真是對自己太失望了。

「什麼啊？『以後請多多指教之類的』，『之類的』也太多餘了。算了，這不重要。這樣的話，我也要正式向你打招呼，以後還請多多指教……」停了一拍之後，他又接了一句：

「……之類的。」

「聽說你是從很遠的地方來的。」長腳鬥牛犬又問我。

這一定是有人告訴他的，但會是誰呢？米克斯剛剛才從小巷子走出去，難道

是他？米克斯常常來嗎？

「是誰告訴你的？」

「我聽米克斯說的。」長腳鬥牛犬神態自若的回答。

「什麼時候？」

「什麼時候啊？那傢伙常來，我也不記得什麼時候了。」

剛剛看到米克斯從小巷子走出去，我已經很驚訝了，現在聽到這些話更讓我無言以對。

他竟然說米克斯常來……

我還在思考接下來要說什麼，長腳鬥牛犬又搶

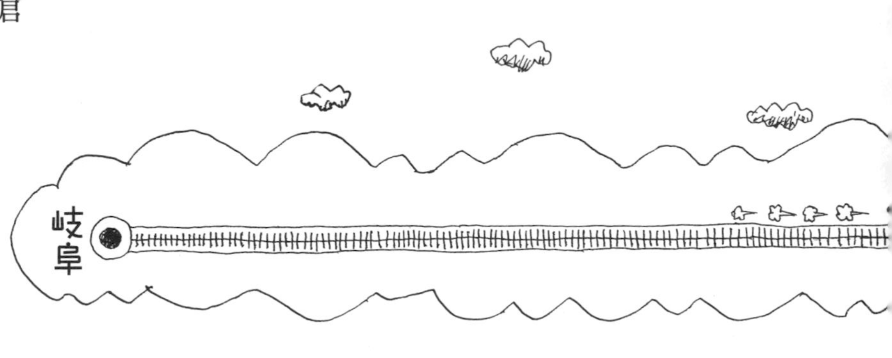

先開口：

「對了，阿里還好嗎？我聽說他耶誕節回市川了，應該是過年後才會回來嘍？」

不只米克斯，他連阿里都知道！我真是太驚訝了！

這麼說來，他一定也聽說了可多樂的事。他剛剛說「很抱歉在你大哥的地盤引起不小騷動，造成大家困擾了」，不管他有沒有見過可多樂，可以確定的是，他知道可多樂。

但我絕對不會問他，可多樂是否有來看過他，因為這是沒有教養的貓才會打聽的事情，所以我只回答他的問題。

「我想阿里要到明年才會回來。」

聽我這麼說，長腳鬥牛犬又開了新話題。

「這家的婆婆對我很好，每天都讓我吃飽，晚上還會讓我睡在家裡。仔細想想，比起以前的生活，現在根本是天堂。這裡實在是太舒服，我壓根不想出門。雖然每天一大早和晚上，婆婆會帶我出門散步，但其他的時間我都只想待在這裡。說真的，我如果想出去，隨時都能出去。你的大哥、米克斯和阿里常常來找我聊天，我不出門也不會覺得無聊。」

「這樣啊！他們常來嗎？那我有時也可以過來找你聊天嘍？」

我故意探他的口風。

「你要來也可以，不過你要答應我一件事。那裡有一座池塘，雖然是個比水坑大不了多少的小池塘，但裡面有金魚，那是婆婆養的。你得保證不吃池塘裡的金魚，這裡就隨時歡迎你來。」

他該不會真的以為我會吃婆婆養的金魚吧？我相信他一定是在開玩笑。不過，我還是說：

「好，我答應你。那今天就先這樣，我下次再來。」

說完我就從木門鑽出去，走出小巷子。

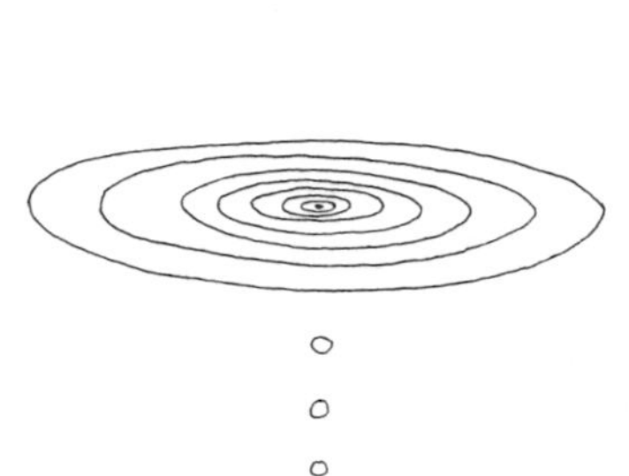

走到外面的大馬路，我才想起剛剛完全忘記問長腳鬥牛犬叫什麼名字。

5

文字記憶法與吵架時說的話

說到文字記憶法，每個人……應該說，每隻貓都有自己的一套。

我跟可多樂學認字的時候是一邊寫一邊記，不過米克斯跟我不一樣。

之前米克斯跟我說：「我只要會唸就好，不一定要會寫。」於是我決定嘗試新的教學法，和米克斯一起去神社兒童公園的沙坑，從英文字母

A開始教起。

我是這樣教的，先在沙地上寫A，接著說：「這是A。」

米克斯仔細看著地上的字，記在腦子裡。

「好，我記住了。」米克斯說。

我將A塗掉，寫上B，並說：「這是B。」

等米克斯又說：「好，我記住了。」我再寫上C。

第一天，我教米克斯認識A到G，總共七個字母。

第二天先小考，測驗昨天教過的字母，再教新的。

我在沙地寫下F，如果米克斯答出正確答案，我就不照順序的繼續測驗其他字母，確定他從A到G都學會了。

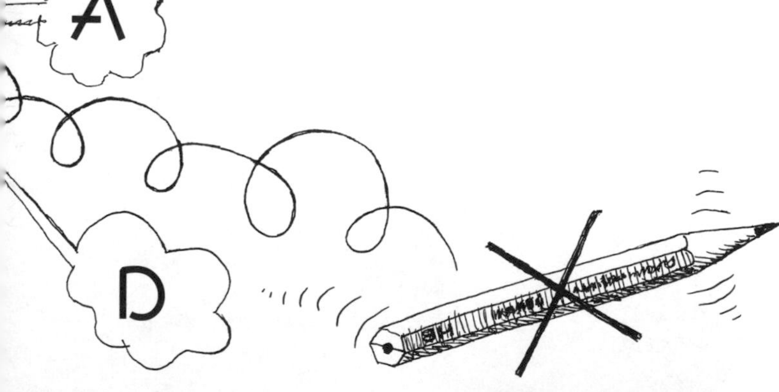

我如果不寫就記不住，但米克斯光看就能記住，而且所有問題都答對。

「米克斯，你好厲害喔！」我不是在說場面話，而是真心佩服米克斯。光用看的，不用練習書寫就能記起來，真的很厲害。

或許真如米克斯說的，讀跟寫是兩回事。舉例來說，我知道「玫瑰」的文字怎麼寫，但人類就算知道這兩個字的讀法，在寫的時候也可能會寫錯。

無論如何，既然米克斯說他不需要會寫，只要看得懂就好，

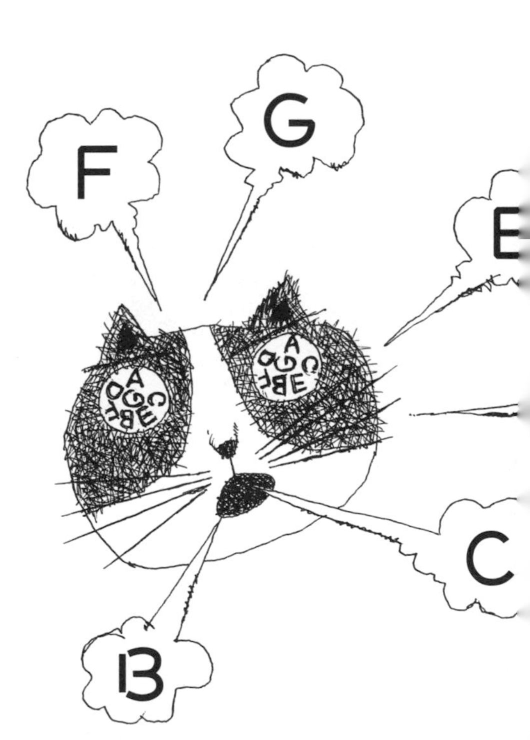

那我就用米克斯的方法繼續教下去。

第二天的課程，我們先複習 A 到 G，接著學習 H 到 Q 共十個字母。第三天也是從小考開始，接著學習 R 到 Z 共九個字母。第四天也是從小考開始，米克斯完全答對 A 到 Z 共二十六個英文字母。接著要學的是羅馬拼音了。

米克斯學習英文字母的過程相當順利，小考也是一次就過，但學習羅馬拼音時，剛開始並不順利。

「注音裡面的母音有很多個，寫成羅

馬拼音的話，就像這樣，發音則要唸成ㄚ、ㄛ、ㄜ……」我一邊說，一邊在沙地依序寫下A、O、E……

米克斯一看到我寫的羅馬拼音和英文字母一樣，腦筋立刻打結。

「喂，小魯，這太奇怪了吧！你寫的明明就是英文字母的A、O、E、I、U啊！」米克斯歪著頭，百思不解。

「你先別急，英文是你剛剛的唸法沒錯，但羅馬拼音的唸法和英文不同。」

米克斯完全無法接受我的說法。

「你應該也覺得這不太對吧？當初你跟可多樂學認字的時候，不覺得很奇怪嗎？」

雖然米克斯這麼認為，但我要說實話，我當初學的時候覺得這樣很正常。

可多樂當時跟我說，英文字母的唸法和羅馬拼音的唸法不一樣，所以我就覺得「嗯，原來是這樣啊」，從沒懷疑過這一點。

我對米克斯說：

「就算你覺得這幾個字是英文字母，但它們實際上就是注音符號ㄚ、ㄛ、ㄜ的羅馬拼音，唸法就是不一樣，這是不可能改變的事實。」

「我說你，什麼叫不可能改變的事實？既然如此，那根本就沒必要學什麼英文字母的唸法，只要懂羅馬拼音就好了。就拿你最喜歡的諺語來說，那句話怎麼說來著……『徒勞無功』啊！唉，算了。繼續吧！接下來還有什麼？」

沒想到米克斯會這樣嗆我，我真的很生氣，說起了與羅馬拼音無關的事。

「我沒有喜歡『徒勞無功』這句諺語。」

「誰說你喜歡『徒勞無功』這句諺語了？我是說你喜歡諺語，是指所有的諺語。到底有沒有在聽別人說話啊？」

既然米克斯回嘴，我也要繼續為自己辯駁。

「你說什麼？『有沒有在聽別人說話』？你這是什麼態度？是你拜託我，我才好心教你的，在那邊抱怨什麼啊？」

「你那是什麼意思？什麼叫做『是你拜託我，我才好心教你』，好像我欠你多大人情似的！」

「我又沒說你欠我人情。」

「你就是這個意思！」

「我沒有！」

「不，你有！算了，我不跟你吵了。今天先到這邊吧！」吵到後來，米克斯決定不上課了。

「什麼啊！哪有說不上課就不上課的！什麼時候下課是老師說了算，不是學生決定的。」

「這是誰規定的？」

「哪有誰？小學都是這樣啊！都是老師在講臺上說今天

的課上到這邊，然後才下課的。」

「喔？是這樣嗎？如果是能為學生解惑的老師，這麼說還有道理。但你連A、O、E為什麼要唸成ㄚ、ㄛ、ㄜ都說不清楚了，哪有資格稱自己是老師！」米克斯繼續火力全開的嗆我。

「對，你說得對，我是無法說清楚。即使我不能說明清楚，但一直以來我也不覺得有問題呀！我想可多樂一定可以解釋清楚，你既然都這麼說了，那就去找可多樂教你吧！」我也不甘示弱的反嗆回去。

米克斯聽到我的話，丟下一句：「好，我就去找可多樂教我！」他頭也不回的走出兒童公園。

「那傢伙今天是吃炸藥了嗎……」我一邊喃喃自語，一邊用前腳抹掉沙地上的字。就在此時，後方傳來一隻貓的招呼聲。

「請問……」

我回頭一看，有一隻沒見過的白色貓咪坐在沙坑的邊上。那是一隻很胖的貓，不知道他是什麼時候過來的。

「有事嗎？」我問。

那隻白貓望著米克斯離開的方向，問我：

「你認識那隻貓嗎？」

「豈止認識，我們是朋友。」

聽到我的回答，白貓十分驚訝。

「朋友？你跟那隻粗魯的貓是朋友？」

「他沒那麼粗魯啦！」我為米克斯緩頰。

請問……

「可是，他剛剛說的話很不留情面耶。」

「會嗎？沒事啦，朋友之間也會有拌嘴的時候。」

「上次還和那隻貓打架了呢！」白貓說。

「誰和他打架？」我問。

「還有誰，就是我啊！」

「你？」說完我立刻起身，走到那隻貓的身後說：「讓我看看你的背。」

果然不出我所料，那隻白貓的背是灰色的，看起來確實有那麼一點像烏龜殼。他一定就是被米克斯以大絕招「超級勒頸技」勒

暈的苦主。

我走到白貓的面前，他對我說：

「前幾天，我在那邊的香油錢箱前的階梯上磨爪子，那隻貓突然對我說：『你在做什麼？你要坐在那裡是你的自由，但你覺得可以在這裡磨爪子嗎？不要開玩笑了！』他這樣說我，我一定要回嘴啊，於是我就說：『既然你不准我在階梯上磨爪子，那我就在你的臉上磨爪子吧！』然後我一掌巴過去，沒想到他竟然勒住我的脖子，害我差點死掉。」

我記得米克斯應該是說：「你要坐在那裡是你的自由，但可以請你不要在階梯上磨爪子嗎？」這跟這隻白貓說的話差很多呢！看來事後描述吵架時說的話，通常會跟事發當下說的不一樣。

我還在思考吵架時說的話，那隻白貓接著說：

「不過，當時是我先出手的，被打回來也是沒辦法的事。」

說完之後，他向我介紹自己。

「我叫特托爾，英文是Turtle，烏龜的意思。我背部的花紋就像烏龜，所以才取這個名字。雖然看起來像烏龜，但我的頭不會縮起來。當然，我的手和腳也不會。」

這隻貓還真風趣。既然他有名字，代表他不是寵物貓，就是曾經有人養的流浪貓。

不管怎麼說，對方都自我介紹了，我也應該報上名號才行。

「我叫魯道夫。」

在我報上自己的名字之後，那隻叫特托爾的貓低聲的說：「喔，你是魯道夫啊……」接著又說：「商店街有一間中華料理店叫『香港飯店』，你知道那裡嗎？我住在香港飯店再往前一點轉角處的房子裡。」

「你住在房子裡，那你是寵物貓嘍？」我問。

「是啊，你呢？」

「我啊……我應該算一半的流浪貓。」

「一半的流浪貓啊……」聽到特托爾重複我說的話，我才驚覺到一件事。

香港飯店的前身就是米克斯前主人開的五金行啊！照理說，

米克斯應該知道特托爾才對呀，我立刻問他：
「你說你住在香港飯店附近，從什麼時候開始的？」
「我的主人好像一直住在那裡，但我是不久前才被領養的。我的前主人生病了，沒辦法再養我。」
這麼說的話，他不認識米克斯就說得通了。
和特托爾說過話之後，我發現他其實沒那麼壞。我認為他應該跟米克斯和好。況且，我也應該要跟米克斯和好才行……

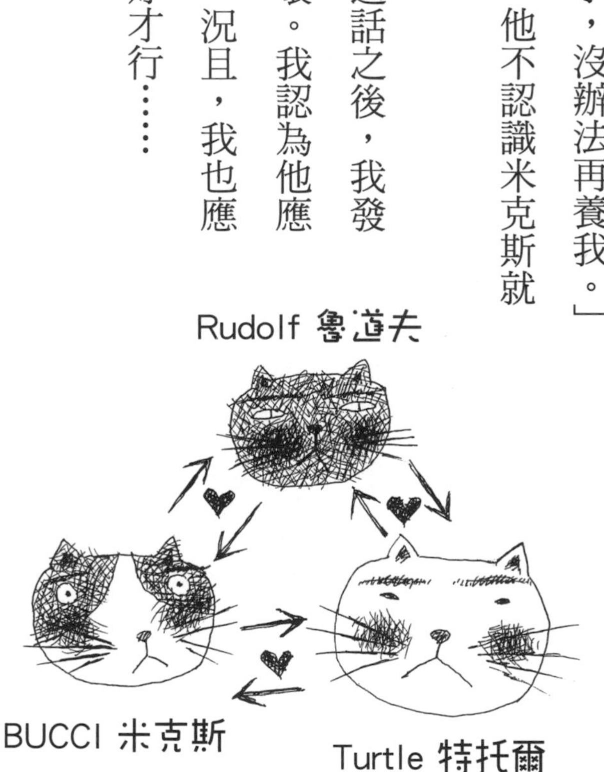

6

全世界的英文字母與有教養的貓說話時

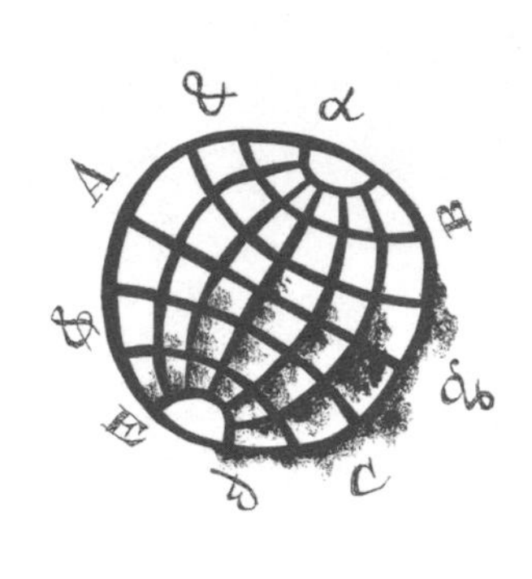

大魔頭告訴我有關米克斯前主人的事情，我還沒機會轉告給米克斯。上次吵架之後，我也還沒跟米克斯握手言和。時間就這樣匆匆過去，來到了除夕早上。

每年從除夕夜到一月三日，許多民眾會前往神社參拜，這是過年的第一次參拜，又稱為「初詣」。雖然來神社參拜的人潮不多，但剛走一批人，又有一批人來，總是無法好好休息，所以這幾天我都待在日野先生家。

自從在沙坑吵了一架後，米克斯再也沒來日野先生家。他可能是待在神社的地板下方，也可能睡在其他地方。

我還去了一趟獸醫院，問小雪有沒有見到米克斯，可是小雪說她好幾天沒見到米克斯了。看來米克斯也沒去獸醫院。

對了，我翻開《口袋版諺語辭典》，查閱「一燕不成夏」這句諺語，在外國篇的頁面中，查到「一隻燕子飛來，不代表夏天已經來臨」這句話。意思就和大魔頭說的一樣，但我覺得「一燕不成夏」比「一隻燕子飛來，不代表夏天已經來臨」更有諺語的感覺。

我一直沒問可多樂，他有沒有去幫傭婆婆家見那隻長腳鬥牛犬。我也找不到機會跟他坦承，自己去見過長腳鬥牛犬。不過，我已經告訴可多樂我教米克斯學英文字母，羅馬拼音卻只教到母音就停了。我也說了我和米克斯吵架，後來還遇到特托爾的事情。這些事我都在發生當天就告訴可多樂。不過，米克斯與特托爾打架的事情，如果我告訴可多樂，總覺得像在打小報告，所以我選擇不說。

有教養的貓是不會將想到、看到或聽到的所有事情，不經大腦思考就說出去。如果是必須馬上說的話就罷了，但如果不是緊急事件，就必須經過仔細思考後，選擇最適當的時機說出來，這才是有教養的貓該有的行為。

對了對了，米克斯之前說明明是英文字母，但是變成羅馬拼音後，唸法卻完全不一樣，這真是太奇怪了。關於這一點，我問過可多樂。可多樂說：

「相同字母的唸法，在世界各地都不一樣，在英文裡是英文的唸法，在法文裡是法文的唸法，而在義大利文裡當然是義大利文的唸法。所以絕不能將字母跟英文本身混為一談，雖然可能寫法都很像，唸法卻天差地遠。有教養的貓是絕對不會這麼做的。」

我聽完嚇一大跳，驚訝的問他：

「可多樂，世界各國的字母你全都知道嗎？」

只見可多樂一副「這是什麼問題？」的態度回答：

「怎麼可能？只知道三種啦！」接著又說：「話說回來，小魯，並不是因為我知道三種字母才這樣說。你要明白，知道全世界的字母並不代表有教養。重點不在於知道全世界的所有字母，而是知道世界上有各種字母，並且了解英文字母不代表一切。」

我覺得知道全世界的所有字母並不重要，現在我只要知道英文字母和羅馬拼音就夠了。不過，當時我並沒有將自己的想法告訴可多樂。如果我說了，可多樂一定會說：

「像你這種覺得『現在只要做到這樣就好』的想法，實在不是一隻有教養的貓該有的態度。」

說了不該說的話，反而被教訓，這種搬石頭砸自己腳的行為，實在不

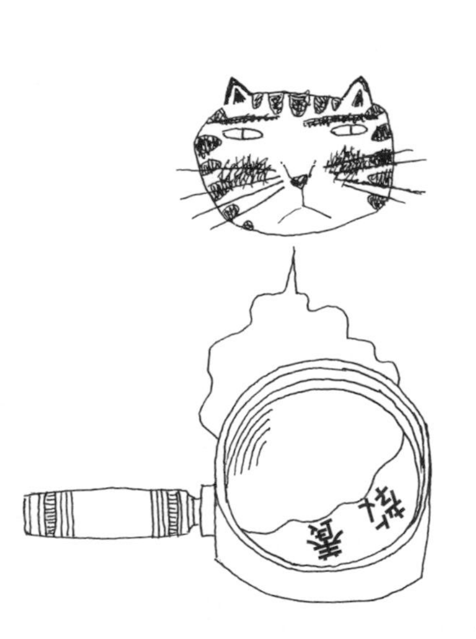

是一隻有教養的貓該做的……這點是否正確，我也不好說。

言歸正傳，回頭說說除夕早上的事吧！

那天一大早，我獨自出門散步。

我想看看神社現在的模樣，一想到這是今年最後一個早晨，就忍不住想要好好欣賞我居住的城鎮。

我走出日野先生家時，天色還很暗。

我先去神社，除了注連繩（注）換成新的之外，其他地方沒什麼改變。

後來我去了商店街。我想去商店街逛逛，說不定會遇見特托爾。如果遇到他，我會建議他和米克斯修補關係，成為好朋友。

特托爾說他住在香港飯店再往前一點轉角處的房子裡，那附近有許多透天厝。我去看了每一間的庭院，但不知道哪一間才是特托爾的家，而且我也沒看到特托爾的身影。

「如果找不到特托爾就算了，我先跟米克斯和好好了……」

我一邊想著，一邊往回走，回到了香港飯店的轉角。

我看見一輛白色小客車停在香港飯店的停車場，車子旁還站了一個男人，身上穿著黑色大衣。

我剛才經過香港飯店時，看到這輛車的車尾朝著馬路方向，停在停車場裡。可是那個時候附近沒有人。

我停下來，直盯著那個人看。只見他打開駕駛座的車門，脫掉大衣，將大衣往副駕駛座方向丟，接著坐進駕駛座，關上車門。天色漸漸亮了起來，他似乎沒發現我在停車場另一邊。

香港飯店的廚師經常將店裡賣剩的燒賣分給我們吃，那個男人不是廚師，可是長得跟我認識的人好像，我見過幾次。不過，我也擔心認錯人。

我從駕駛座的窗戶看到那個人的側臉。

車子的引擎發動了，車窗搖了下來。那個人從窗戶探出頭來向後看，確認後方有沒有人或車。

就在這個時候，我清楚看到他的長相。我沒看錯，他就是米克斯的前主人！

汽車先往馬路方向倒退，接著駛進馬路，朝車站方向開去。

大魔頭說曾經在這裡見過他，他一定就是米克斯的前飼主。

可是，他究竟來這裡做什麼呢？

我光想著這件事，完全忘了還有一件重要的事情要做。

對了！我得趕快看一下車牌號碼！當我回過神來，趕緊跑到馬路上時，汽車正在十字路口轉彎，半個車身已經轉進公車道，根本看不到車牌號碼。

我加快腳步，追著那輛白色小客車。這時有一輛大貨車從車站方向過來，跟著米克斯的前主人轉進同一條路。

我跑到十字路口，順著汽車行駛的方向看過去，只看到大貨車的載貨臺與車牌號碼。

儘管如此，我還是一路往前追，希望可以追到大貨車前面的白色汽車。可惜等我轉進公車道後，卻無法分辨哪一輛才是米克斯前飼主的車。

我沒有看到車牌號碼，也追丟了米克斯前飼主的車。

我很懊悔為什麼在發現米克斯前飼主時，沒先確認一下他的車牌號碼。當時他的車還停在停車場，車頭和車尾都有車牌，我應該先看一下才對。要是能確認車牌來自茨城縣，就能百分之百肯定我看到的就是米克斯之前的主人。

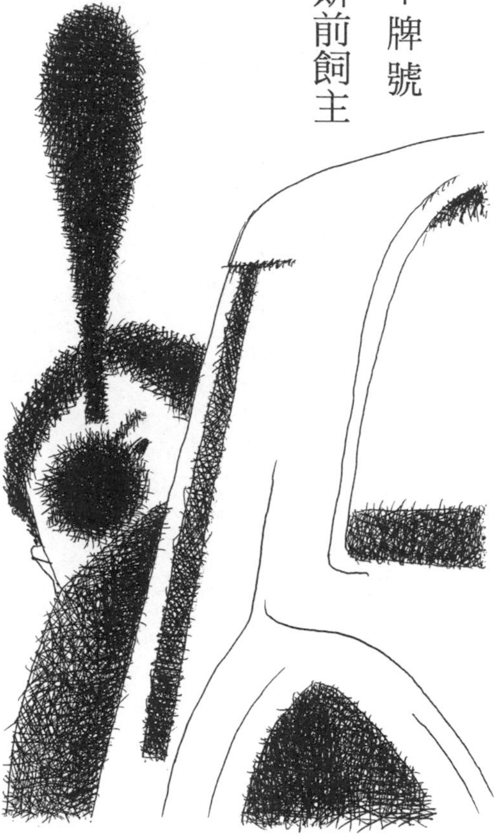

話說回來，大魔頭遇過一次，我現在也看到他，代表米克斯

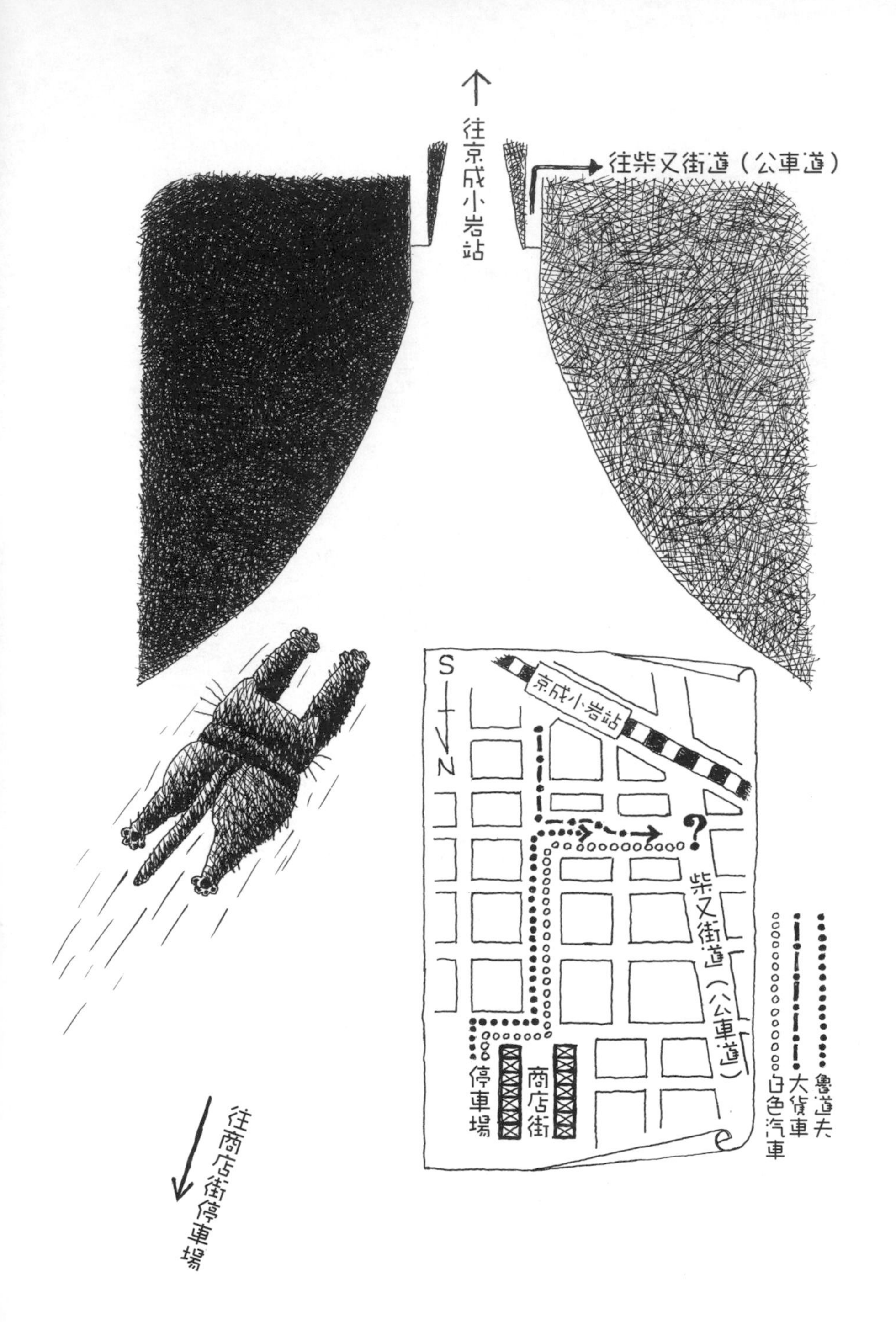
往京成小岩站
往柴又街道（公車道）
S
N
京成小岩站
柴又街道（公車道）
停車場
商店街
魯道夫
大貨車
白色汽車
往商店街停車場

前飼主來這裡不只一次了。既然如此，我應該跟米克斯說這件事才對。不對，我應該先去找可多樂，把之前大魔頭丟給我，以及我現在背負的重擔送到他眼前，讓他跟我一起承擔。事不宜遲，現在就去找可多樂！

於是我轉頭朝日野先生家跑去。

注：注連繩是一種用稻草織成的繩子，常見於神社，有避邪作用。

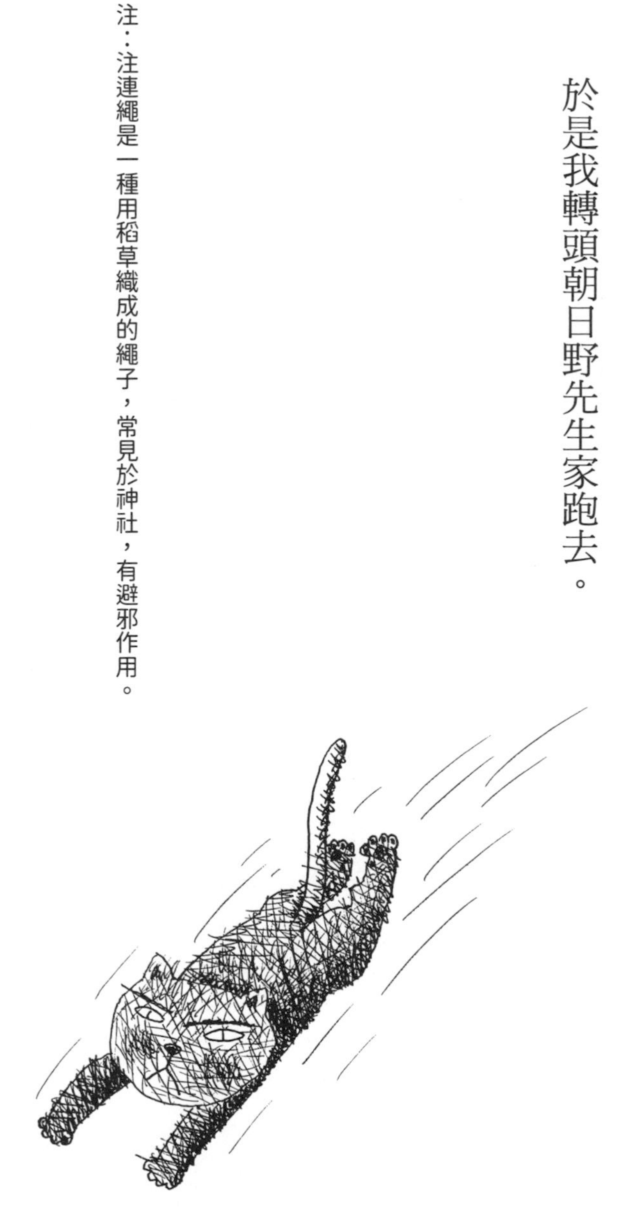

7

茨城縣的車牌與什麼都不能做的事情

當我全力衝刺跑回日野先生家時，可多樂正在廚房吃早餐。我不顧可多樂還在吃飯，立刻將剛剛在香港飯店停車場看到的，以及前陣子大魔頭告訴我的事，全部告訴可多樂。

可多樂今天的早餐是鮪魚風味的貓餅乾。他把頭從碗裡抬起來，靜靜聽我把話說完。

我還以為可多樂聽完後，會怪我為什麼不早點把大魔頭的話告訴他，沒想到他完全不提這件事，只問我：

「你看到五金行老闆時，他手上拿著東西嗎？例如行李？」

我記得當時米克斯的前飼主先打開車門，脫下大衣，再將大衣丟進副駕駛座，最後再坐上駕駛座。

我搖搖頭對可多樂說：

「五金行老闆手上沒拿任何東西，至少我看到的時候沒有。他可能在我去停車場之前，就先將行李放到汽車的後車廂裡了。」

「香港飯店的鐵門是關著的嗎？」

「嗯，是關著的。」這個我還記得。

「店面窗戶有透出燈光嗎？」

「什麼？店面窗戶？我不太記得了。感覺好像暗暗的，我記不清楚了。」

我說完後，可多樂輕輕點頭，又接著說：

「要不要去看看？一起去吧！」說完便往玄關走去。

日野先生家的玄關門有一扇小小的貓門，一推就開，方便我們出去和回家。

可多樂一路跑到香港飯店，我也跟在後面跑。

此時天色已經完全亮了。我們抵達香港飯店時，店面鐵門還關著，但廚房的燈開著，燈光從窗戶透了出來。

可多樂抬頭看著窗戶，再次問我：

「你看到時和現在一樣嗎？還有印象嗎？」

「嗯……我不記得了。」我完全沒有印象，只

能如此回答。

「我記得你說你沒看到車牌，對吧？」

「是啊，要是看到那個人的車是茨城縣的車牌，就可以證明他是米克斯的前飼主。可是，我絕對不會看錯，他就是米克斯的前飼主。」我很確定這個答案。

「小魯，你聽我說，茨城縣的車牌有好幾種。就我所知有水戶車牌、土浦車牌，還有筑波車牌。」

「咦，是這樣嗎？有三種車牌呀！」說到這裡，我就明白可多樂想說什麼了。

我要是看到了車牌號碼，不僅可以確認車上的人就是米克斯的前飼主，還能知道他住在茨城縣的什麼地方。

「啊！我明白了！如果我看到車牌，就能知道米克斯的前飼主搬到哪裡去了。」我說完後，嘆了一口氣。

「不要在意，以你當時的情形來說，很難看清楚車牌。就算知道五金行老闆搬到茨城縣的哪裡，我們什麼也不能做。再說，那輛車不一定是五金行老闆的。我認為那輛車不太可能是他的，他當初是因為經營不善才搬走，哪有錢買車？」可多樂安慰我。

可多樂說得沒錯，但仍然不代表沒必要看車牌。

我們去香港飯店的時候是跑著去的，回家時就慢慢走。

日野先生家玄關的架高地板邊掛著一條溼抹布，廚房後門也有一塊。我們每次回家踏上地板前，都要用抹布把腳底擦乾淨。

可多樂和我從玄關貓門進去，把腳擦乾淨後走進家裡。

可多樂跳上客廳沙發坐下，我則坐在沙發旁的地板上，抬頭看著他並問：

「你剛剛為什麼問我，米克斯的前飼主有沒有拿行李？」

「喔，這個啊。他如果有拿行李，就可以從他拿的東西判斷他來這裡做什麼。你想想，假設有個男人從銀行走出來，他的左手拿著一個裝滿東西，看起來鼓鼓的包包，右手拿著一支手槍，你覺得他剛剛去銀行做什麼？」

「那還用說，他一定是去搶銀行的強盜！」

日野先生經常把電視播的刑警劇錄下來，在半夜的時候看，所以我對這種劇情很熟悉。而且，我也在美國的動作電影裡看過類似場景。

拿著一個鼓鼓的包包和手槍從銀行走出來的人，十之八九……不，百分之百是銀行強盜。

我說出答案後，可多樂說：

「你答對了！如果五金行老闆手裡拿著紙箱，紙箱上寫著香港飯店，而且店面鐵門跟我們剛剛看到的一樣關起來，廚房電燈又開著。這代表兩件事，你知道是哪兩件事嗎？」

「我想其中一件是，米克斯的前飼主在香港飯店買了好多燒賣和煎餃，那另一件事是什麼呢？」

「另一件事就是香港飯店裡的某個人，跟五金行老闆是朋友，他們一直有來往。」

可多樂的話讓我感到好奇，於是問：「你為什麼會這麼想？」

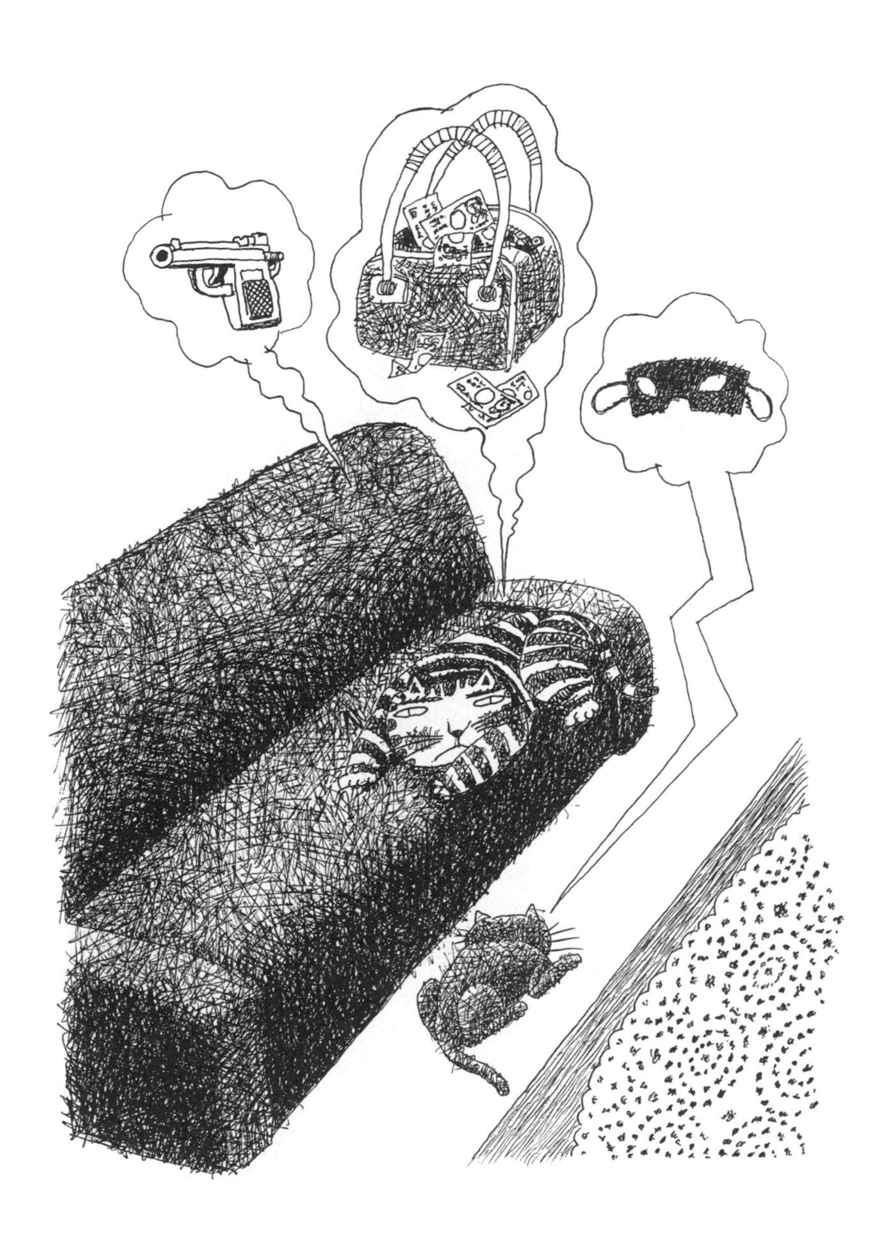

「如果平時沒有來往，就不可能在還沒開店的清晨，去買燒賣和煎餃。一般客人都是在營業時間去買東西，不是嗎？」

「對耶，你說到重點了。」

「不過，那也無關緊要。無論五金行老闆和香港飯店的哪個人是朋友，對我們來說都無所謂，因為我們什麼都不能做。」

「你說得也沒錯……」

我突然想起來，我該處理的不是米克斯前飼主手裡有沒有拿東西，而是自己身上的重擔。於是我決定聽聽可多樂的意見。

「可多樂，你覺得我是不是應該把今天看到的事情，還有之前大魔頭告訴我的事，全部跟米克斯說？」

我還以為可多樂會回答：「我覺得你應該說」，沒想到他的答案出乎我的意料。

「嗯……到底該不該說呢？好難抉擇啊！」接著可多樂又說出令我瞠目結舌的話來：

「不過……我覺得米克斯可能已經見過五金行老闆了吧？」

「什麼！米克斯見過了？你怎麼知道？」

「你還問我怎麼知道的？我才想問你，你為什麼不知道呢？只要動動你的大腦想一下，就知道答案了。」

「我不知道啦！你為什麼知道米克斯見過他之前的主人了？」

「我沒說米克斯已經見過，我只是說『可能見過』。」

「那你為什麼會認為米克斯『可能見過』五金行老闆呢？」

我繼續追問。

聽了我的問題之後，可多樂語重心長的對我說：

「你不是被主人丟掉的，而是自己做了蠢事才來到這裡變成流浪貓。你和我變成流浪貓的原因不一樣，說得明白一點，我曾被自己的主人，也就是你口中的日野先生丟掉。你別誤會，我不是要抱怨這件事。如果我真的心存怨恨，就不會住在這裡了。

「五金行老闆曾經說過要帶米克斯去茨城，但他心裡明白，就算他主人真的帶他去茨城，也不能養他，所以米克斯才自己跑掉，不跟著去茨城，這等於是被主人拋棄。因為主人搬家而被拋棄的貓，經常會回以前住過的房子去看看。自從日野先生搬去美國後，我也常常回到這裡。但我並不是想住在空房子裡，而是覺得說不定日野先生會回來。就是因為我對日野先生還有期待，才會這麼做，這一點連我自己都很驚訝。沒有教養的人類常說：『貓咪不是跟隨人，而是跟隨房子的。』其實根本沒這回事。話說回來，貓的個性各有不同，或許真的有貓會跟隨房子吧！我猜米克斯一定常回去以前住的地方，而且那裡也在大魔頭每天散步的路徑上。大魔頭常常經過那裡，你卻沒有。既然米克斯經常回去以前的家，他去的次數一定比你多。在這種情況下，米克斯會遇見五金行老闆也很正常。之前大魔頭看過五金行老闆一次，你今天也看到一次，但我總覺得他來這裡的次數肯定不只兩次。」

日野先生去美國後，可多樂曾眼睜睜看著他們的舊房子被拆掉。當時可多樂還認為日野先生不會回來，打算去美國找他。

我想起這件事，便問可多樂當時是怎麼想的。

「可多樂，我問你，你之前想去美國，是還想當日野先生的寵物貓嗎？我後來回去岐阜，就是想再當理惠的寵物貓。」

「真的是這樣嗎？小魯。你是為了想再成為寵物貓，才千里迢迢回去岐阜的嗎？」

「是啊，當然是這樣！」

「是這樣嗎？可是我覺得你回去岐阜的目的不是這樣。」

「不是這樣，那是怎樣？那你說說，我回岐阜除了想再當理惠的寵物貓，還能有什麼其他目的？」

「小魯，能不能再當理惠的寵物貓，根本不是你當時想回岐阜的重點，你回去只是想見見理惠……或者說，希望理惠能抱抱你，不是嗎？你根本沒想過能不能再當寵物貓，也沒想過未來的事情。」

聽到他這番話，我無言以對。因為可多樂說對了，我當時回岐阜不是為了再當寵物貓，只是想見見理惠而已。

可多樂見我陷入沉默，幽幽的說了一句：

「其實我當時也跟你一樣……」

就在這個時候，樓梯處傳來了聲音。剛起床的日野先生從二樓走下來，他的臥室和書房在二樓。他走進廚房忙了一會兒，接著走到客廳。

穿著睡衣的日野先生看到我們，對我們說：

「你們兩個在客廳幹麼啊？我看廚房裡的貓餅乾都沒少，還以為你們去哪裡了，原來在客廳開會呀！肚子餓的時候，可是想不出好點子的喔！」

「對了，我的早餐還沒吃完呢！」

可多樂說完便跳下沙發，往廚房走去。

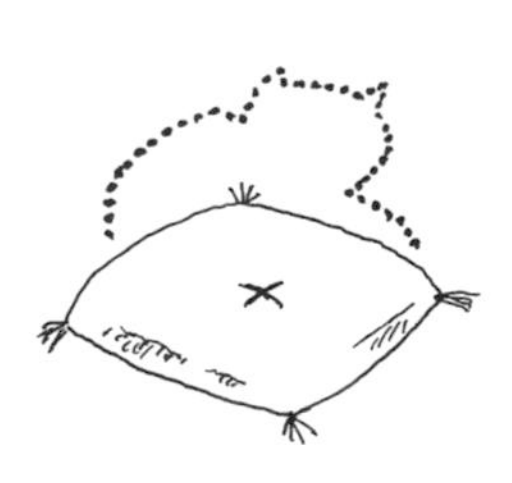

8

站不住腳的抱怨與米克斯的考量

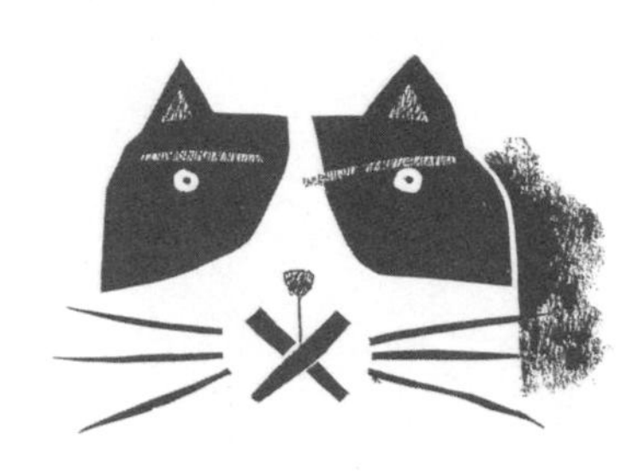

我決定告訴米克斯，我曾經在香港飯店停車場見過他之前的主人。

人類在面對各種非做不可的事情時，都會說「我今年得做某某事」，我現在就是這種心情。

如果是開心的事情，人們絕對不會說「我今年得做某某事」，而是會說「我想在今年實現某某願望」。

老實說，要告訴米克斯與他前飼主有關的消息，心情有些沉重，我相信大魔頭一定也這麼想。

我沒辦法擺出天真的表情說：「米克斯，我要告訴你一個好消息，你的前飼主有時候會回到這裡來喔！」

雖然沒告訴過任何人，但最近這陣子，我經常想起理惠。我不見之後，理惠等了一年才養新的貓。如果我真的想回岐阜，在那一年裡，我有的是機會可以回去。但我沒有，就代表我不回去。我不是不能回去，而是選擇不回去。這一點很重要。

正因為我沒回去，所以理惠養了新的貓，這個結果是我造成的。也就是這個原因，我無法、也沒有埋怨理惠。

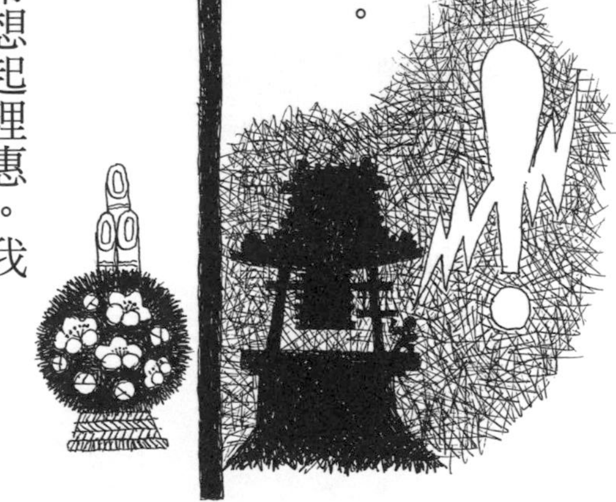

如果我對可多樂抱怨理惠養了新的貓，可多樂一定會說：

「我說你呀，有什麼資格抱怨呢？」

可是，在我的內心深處，我還是想抱怨一下，為什麼理惠不肯多等一下呢？後來在偶然的機會下，我在淺草巧遇理惠。我認出她來了，她卻沒有認出我。

那個時候，和理惠在一起的女孩說：

「那隻貓好像理惠的貓喔！」

「是很像沒錯，可是我們家的小魯比較可愛！」

「我們家的小魯」指的是我不見之後，理惠新養的貓，和我同一個媽媽，是我的弟弟。

理惠大概做夢也想不到我就在東京，因此在東京看到我的時候，沒認出來也很合理。我只是一隻與她無關的貓。比起沒有任何關係的貓，覺得現在養的貓比較可愛也是人之常情。所以，關於這一點，我不應該有任何怨言。

不過，我真的很想抱怨兩句：

「理惠，你為什麼沒有認出我？為什麼不覺得我比較可愛？」

這些話我都沒跟可多樂、米克斯與大魔頭說，未來我也不打算說。其實，在我的內心深處，並沒有原諒理惠。

我相信米克斯對於前飼主的想法一定也很複雜。不可諱言的，米克斯的前飼主確實想帶米克斯去茨城，還準備了籠子。可是米克斯跑走了，他沒有進去籠子裡，是米克斯自己決定不去的。所以，前飼主沒有任何責任，米克斯也沒有立場抱怨。

然而，真的是這樣嗎？

我在想，要是米克斯的前飼主對他說：「米克斯，我們家的店要收掉了。再這樣下去，我們就得去投靠茨城的親戚一段時間。可是，我現在不想麻煩任何人，我想出去流浪。你打算怎麼辦？要跟著我嗎？」我相信米克斯一定會跟他走的！

我想過的事情，米克斯一定也想過。

這麼一來，米克斯即使遇到前飼主，也不可能開心的說：「喲！你還好嗎？最近怎麼樣啊？一切都順利嗎？」

正因如此，一想到要告訴米克斯我看見他前飼主的事，我的心情就無比沉重。

我之所以決定告訴米克斯，並不是因為我擔心現在沒說，以後米克斯會怪我「為什麼不早點告訴他」；也不是因為我說了，就會使米克斯心情不好。米克斯聽完，要怎麼做是他的問題，但我可以想像他聽了心情一定很不好。我和米克斯一起經歷了那麼多事，基於我們的交情，不告訴他實在說不過去。

總而言之，我在除夕夜出門尋找米克斯。

我先去了獸醫院，他不在那裡。接著，我去商店街四處看了看，也沒找到他。我在想，如果米克斯也不在神社，我就去江戶川堤那裡碰碰運氣。我伸長脖子，探頭看看神社境內，發現米克斯坐在香油錢箱前的階梯上。

我穿過鳥居，走上香油錢箱前的階梯，坐在米克斯身邊。我正想對前一陣子發生的事向他道歉，沒想到米克斯搶先開口：

「之前的事是我不對，你好心教我羅馬拼音我卻一直抱怨。」

「不，是我不好。我問過可多樂，他說義大利文的字母唸法和羅馬拼音一樣。要是我早知道這一點，我就可以好好教你了。」

「義大利文？義大利在哪裡呀？」

「我不知道，但義大利是外國，一定很遠。」

「我想也是。」米克斯看著我點點頭。

我接著說：

「要是可多樂告訴我的時候，我立刻查地圖就知道義大利在哪裡了。對了，前陣子和你打架的那隻貓，我跟他聊了一下，感覺他並不壞。你下次要不要去找他聊聊？他就住在……」

我話還沒說完，米克斯就打斷我：

「香港飯店附近，對吧？我知道啊！我看過好幾次他走進香港飯店再往前一點的房子裡，那棟房子的門旁邊還有一棵歪七扭八的松樹。我和他之間其實沒什麼深仇大恨，每次見面就打架也不是辦法。有機會的話，我會去找他聊聊。」

聽他這麼說，我就暫時安心了。

找米克斯和我握手言和，還有修補特托爾和米克斯的關係，這兩件都是我想在今年實現的願望，而不是今年得做的事情。

接下來，我要做今年得做的事……

「還有……我不知道該怎麼說，關於你的前飼主……」我才說到這裡，米克斯望著鳥居，打斷我即將說出的話。

「那傢伙最近一直在這附近晃來晃去，對吧？」

「咦？米克斯，這件事是大魔頭告訴你的嗎？」我看著米克斯的臉問。

「不是。不過，聽你這麼說，大魔頭也看過他嘍？進入十二月之後，我看過他三次，在香港飯店看過兩次，在神社附近看過一次。我看到他，但他沒有看到我。」

「這樣啊……」我原本想接著說：「不知道他來這裡做什麼？」但我吞下去了。

我心想，他可能是來接米克斯的吧……

要是之前的主人來接米克斯，米克斯會跟他走嗎？

老實說，談論這些事情不是我的作風，但在這個時候討論明天是元旦，感覺也太刻意了。

於是，我只好沉默不語，米克斯也靜靜的坐著。

現在的氣氛好尷尬，我得說些什麼才行……可是，該說什麼才好呢？

正當我不知所措的時候，米克斯突然開口：

「我之前從金町過橋，走到松戶去了。其實我還有再往前走了一會兒，走到一座寫著『KASHIWA』的車站就回來了。接下來我說的話，希望你不要生氣。要是我肯好好跟你學羅馬拼音就好了，這樣一來，我就知道那座車站叫什麼名字了。」

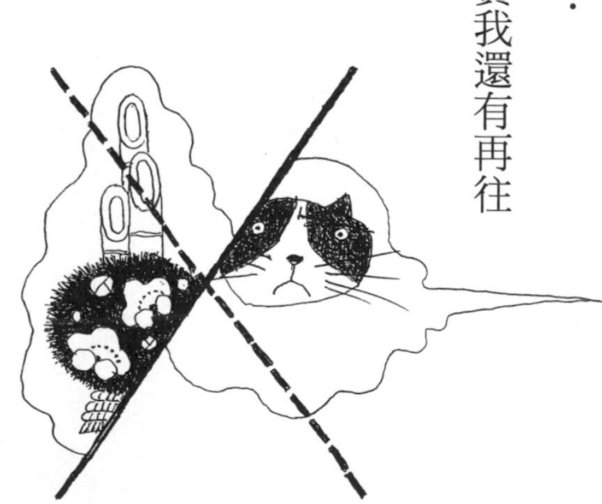

「KASHI……喔，你說的那座車站叫『柏』，應該是松戶的下一站。」

「那座車站在茨城縣內嗎？」

我之前看過地圖，知道相關的地理位置，所以我說：

「不在，柏車站還在千葉縣裡。茨城縣要再往前一點。」

「再往前一點，是多遠啊？」

「我不知道實際的距離，但茨城縣就在千葉縣旁邊，應該不遠吧！」

米克斯又問：「如果從這裡出發，

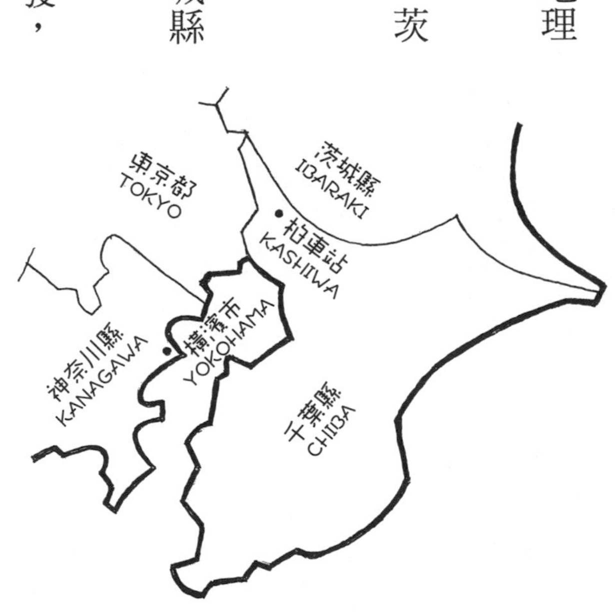

去茨城縣跟去岐阜縣，哪一個比較遠啊？」

「那還用說，當然是岐阜縣比較遠……」說到這裡，我已經猜到米克斯在想什麼。

「這樣啊……我想去茨城，去看看我的前主人現在住的地方。」米克斯低聲的說。

果然跟我剛剛猜想的一模一樣。

既然米克斯想去前飼主住的地方，代表他想去見前飼主。若是如此，當他看到前飼主出現的時候，只要「喵」一聲走到他旁邊就好了，不可能發生「我看到他，但他沒有看到我」的情形。

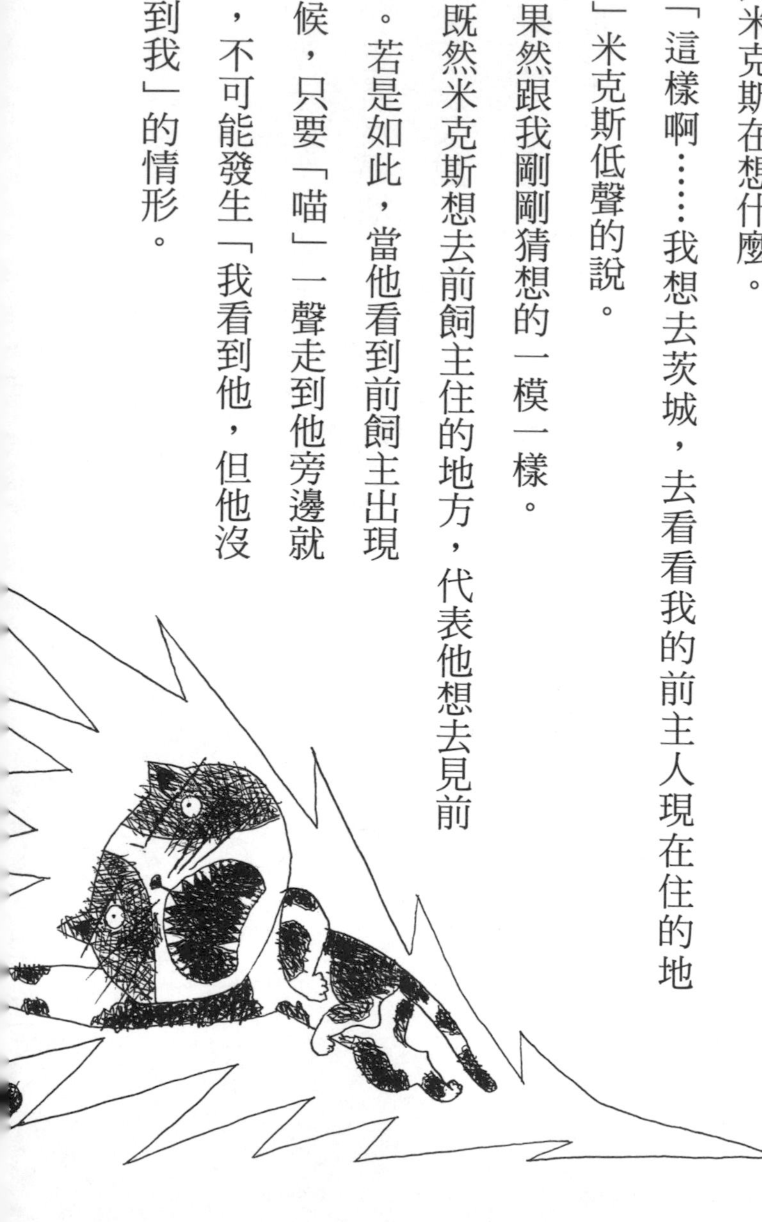

我決定豁出去問問看：「既然如此，你看到五金行老闆時，為什麼不走到他身邊呢？」

「你問我為什麼？要是我當時出聲喊他，就不可能知道他現在在哪裡，過著什麼樣的生活了。」

「這麼說也對……」我靜靜的坐著，腦中忍不住想，如果米克斯的前飼主跟他說：「米克斯，我來接你去茨城縣，跟我走吧！」不知道米克斯會作何反應。若是米克斯看到前飼主時主動叫他，他或許會跟米克斯說些什麼，很可能是「米克斯，我來接你去茨城縣了，跟我一起走吧！」之類的話吧。

我不清楚米克斯在想什麼，決定不再追問下去。

總而言之，米克斯想去前飼主住的地方，我現在只要確定這一點就好。知道這一點，我就知道自己想做以及該做什麼了。我說：

「既然這樣，我跟你一起去。」

米克斯轉過身看著我。

「不，我要自己去，不用擔心我……雖然我很想這麼說，但我很感謝你願意跟我一起去。」

9

文武雙全與好多沒辦法

就算米克斯想去前飼主住的地方，如果他不知道前飼主住在茨城縣的哪個城市，也不可能找到人。

我剛到東京的時候，只知道理惠家在岐阜市的某個三丁目。我不知道地區名，也不知道縣名。不過，我住過那裡，還記得周遭景色。我只要知道我記得的景色是岐阜市……應該說正因為我知道我記得的景色就是岐阜市，才有辦法回去，因為岐阜市還有一個很知名的景點叫岐阜城。

話說回來，現在米克斯只知道縣名，而且從來沒去過，如果他知道市名，至少可以鎖定範圍地毯式搜索，但目前手上的線索只有茨城縣，根本無計可施。

我和米克斯一起走回日野先生家。在路上我問米克斯，打算怎麼找出他的前飼主住在哪裡。

「等到了茨城縣之後，我打算一一詢問路上遇到的貓，向他們打聽線索。」米克斯說。

「如果用這個方法，你覺得要花多少時間？」

「可能要一兩個月吧！」

我覺得一兩個月不可能找得到人，但我說不出口，只好說：

「這樣啊……」

沒想到米克斯又低聲說：

「我想兩個月應該不夠吧！總

之，到時你會跟我一起去，我們先試試看吧！如果兩個月還找不到，那就再想其他辦法。」

我們回到日野先生家時，可多樂正坐在客廳沙發上，和日野先生一起收看ＮＨＫ紅白歌唱大賽。

日野先生看到米克斯，低頭對他打招呼：「嗨，米克斯，好久不見。」接著又回頭繼續看電視，遺憾的說：「哎呀！再這樣下去，今年白組又要輸了。」

我走到沙發前，對可多樂說：

「我有事找你……」

「要談事情嗎？去廚房吧！」可多樂一邊說，一邊跳下沙發。

可多樂、米克斯和我坐在廚房地板，圍成一個三角形。

米克斯先開口對可多樂說：

「我打算去見我的前飼主，小魯說要跟我一起去。可是，我不知道詳細地址，所以我們只能先去茨城縣再想辦法。」

可多樂聽到米克斯的話，一點都不驚訝，神情看起來很平靜，彷彿米克斯剛剛說的是「明天也是陰天」。

可多樂只說了一句：「這樣啊……」

我開口問：「可多樂，你曾經過去美國找日野先生，當時你知道日野先生在美國的哪裡嗎？」

「我知道應該在舊金山，不過，就算不知道在哪裡，只要有心，一定

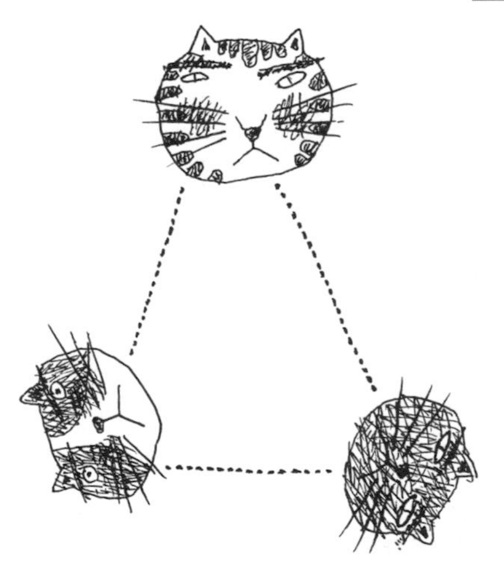

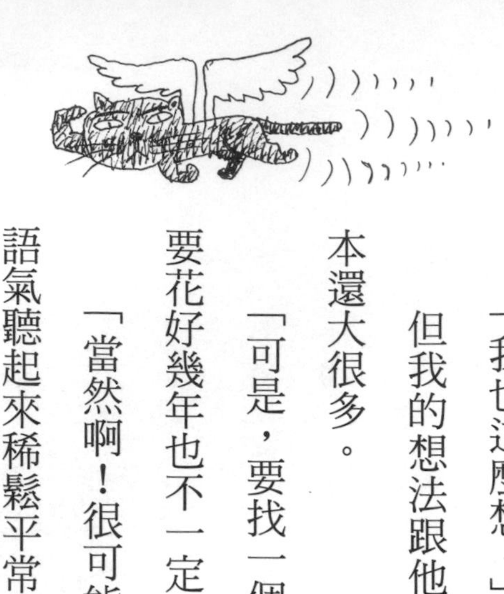

可以想辦法找到。」可多樂毫不猶豫的回答。

「我也這麼想。」米克斯立刻附和。

但我的想法跟他們兩個不一樣。美國不是茨城縣，美國比日本還大很多。

「可是，要找一個不知道住在哪裡的人，可能要花好幾年也不一定。」我說。

「當然啊！很可能到死也找不到。」可多樂的語氣聽起來稀鬆平常。

「很可能到死也找不到？怎麼能這麼說呢？」

「我是實話實說。說真的，繼續在這裡等，對方也不會回來。既然他不會回來，待在這裡真的到死也見不到。當初我想去

美國找日野先生時，還要米克斯接管我的地盤呢！如果沒有這種破釜沉舟的決心，絕對不可能成功。」

可多樂對我說完後，接著對米克斯說：

「打架最重要的是毅力。我當初確定要去美國時，就打算把我渾身的絕學全部教給你。你對自己的『超級勒頸技』頗有自信，但光靠這招是不夠的。再說，你的『超級勒頸技』有弱點，你知道是什麼嗎？」

米克斯搖搖頭，可多樂沉穩的告訴他：

「最大的弱點就是要花時間打倒對方。此外，如果對方不只一個，而是一群，對你就相當不利。」

「確實是這樣沒錯。通常摔角比賽對戰時都是一對一，可是當甲對乙施展背後勒頸技，乙的夥伴就會跳出來，往甲的背後踢下去……」米克斯滔滔不絕的說著，我立刻打斷他：

「等一下，米克斯，重點不是這個吧？」

「對喔……」米克斯說。

我對可多樂說：「可多樂，我能理解毅力和教養是最重要的……」

我話還沒說完，米克斯插嘴說道：

「等一下，小魯，你剛剛說毅力和教養最重要。最重要的事有兩個，這不是很奇怪嗎？最重要的應該是其中一個吧？我認為毅力最重要。」

我嘆了口氣，對米克斯說：

「米克斯，哪一個才是最重要的，根本不是現在的重點。」

「嗯，這麼說也對。」米克斯回答得有點不服氣。

「教養和毅力可說是『文武雙全』的代表。」可多樂說。

一聽到從未聽過的話，我的興趣都來了，完全不顧現在在討論什麼。

「什麼叫做『文武雙全』啊？」我問可多樂。

「文武雙全是自古就有的成語，應該說是日本武士的教誨。『文』指的是學問，『武』指的是劍道之類的武術。學問和武術就像馬車的兩個輪子，一定要有兩個輪子，馬車才能走。武士也要文武雙全，才能戰無不勝。」

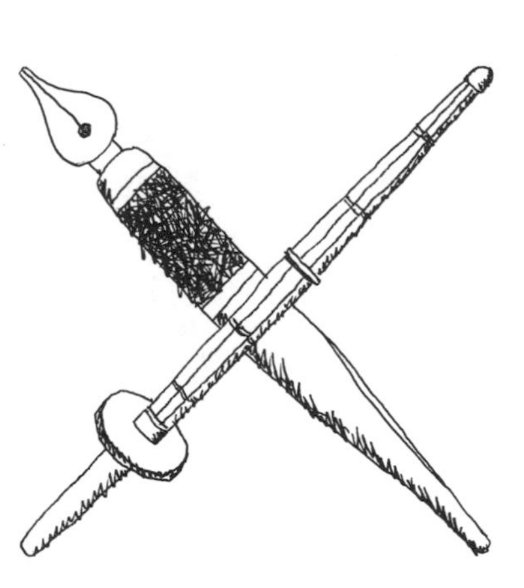

「『文武雙全』，啊，好，我記下了！」

「還有一種說法是『文武兼備』，意思是一樣的。兼備就是兩個都有的意思。」可多樂補充說明。

「還有文武兼備的說法啊。如果用教養和毅力置換，就是教毅兼備。教毅就是馬車的兩個輪子。不過，貓不坐馬車，可能換個說法比較好。例如教毅是貓的雙眼……」

我話還沒說完，換米克斯打斷我：

「等一等，小魯，現在不是講這個的時候吧？」

我突然想起來：「對喔，我們現在在說茨城縣的事情。欸！剛剛說到哪裡了？我想起來了，我們說到可多樂打算去美國時，並不知道日野先生的地址。」

「沒錯，沒錯。」可多樂點點頭，「跟我比起來，米克斯輕鬆多了。茨城縣遠比美國小，不只輕鬆許多，運氣也很好。要是一切順利，說不定明天就找到了。不，就算明天不可能，只要花幾天的時間，就能找到五金行老闆住的地方。」

聽到可多樂這麼說，不只米克斯感到驚訝，連我也覺得不可思議。我問可多樂：

「怎麼可能？為什麼你覺得我們那麼快就能找到米克斯的前飼主？」

「你問我為什麼？知道的人就是知道，我也沒辦法。」可多樂接著對米克斯說：「我問你，五金行老闆喜歡寫信嗎？」

「寫信？我只知道秋天吃晚餐的時候，他會一邊喝啤酒，一邊配一盤炒銀杏。寫信是銀杏的親戚嗎？我不知道他喜不喜歡。對了對了，秋天的時候柿餅也很好吃。」

米克斯很認真的回答，可多樂卻一臉無奈的樣子。

「米克斯，你也該培養點教養了。我說的寫信，跟銀杏無關啦！信指的是信件，是人類以前用來互通訊息的工具。喜歡寫信的意思是不怕麻煩，喜歡動筆寫信寄給親友。也就是說，五金行老闆喜歡寫信勝過用手機聯絡。你認真想想，五金行老闆是不是喜歡寫信呢？」

「我想起來了，他每年年底都會寄出很多賀年卡，夏天也會寫卡片問候親友。這樣做其實很好笑，因為他寄的對象都是附近鄰居，見面時直接

說『新年快樂』不就好了嗎？」

米克斯的話讓我明白為什麼可多樂總說他的運氣很好。我忍不住說：

「原來如此，還有賀年卡這個線索。米克斯的前飼主才搬走沒多久，他一定會寫賀年卡給原本的鄰居。我們只要找到賀年卡，就知道他住哪裡了！」

可多樂裝腔作勢的點點頭，接著說：

「正是如此，關鍵就在賀年卡。賀年卡上會寫寄件人的姓名和地址。我們只要潛入鄰居家中，一間一間查看他們收到的賀年卡，一定能找到五金行老闆寄出的卡片。既然五金行老闆喜歡寫信，他應該很早就寄出去了。越早寄出的賀年卡，越會在元旦，也就是明天寄到收件人手中。我們可說是勝券在握，不，應該說我們已經贏了這一局。」

接著，可多樂看向米克斯問：

「對了，五金行老闆姓什麼？」

「姓？那是什麼？」米克斯問。

「就是姓氏啊！我家主人的姓氏是日野，大魔頭的主人姓小川，這就是姓氏。像太郎、一郎是名字，姓氏是放在名字前面的稱呼。」可多樂解釋。

「喔！他的姓是五金行老闆。」

「你在說什麼傻話！五金行老闆是他的職業，五金行是他的店。我說的是姓氏，他姓什麼？像池田、川上這種才是姓氏。」

「還有這種東西呀？」米克斯一頭霧水。

「有什麼好疑惑的！大多數的人類都有姓氏。」

「你說大多數，那就是有人沒有姓氏嘍？我不知道我之前的主人有沒有姓氏，可是商店街的人都叫他五金行老闆。」

「我說你呀，怎麼會連自己的主人姓什麼都不知道呢？真拿你沒辦法。」

「你說拿我沒辦法，我也沒辦法啊！」米克斯說完後轉頭問我：「你的前主人理惠也有姓氏嗎？」

話題突然跳到我身上，

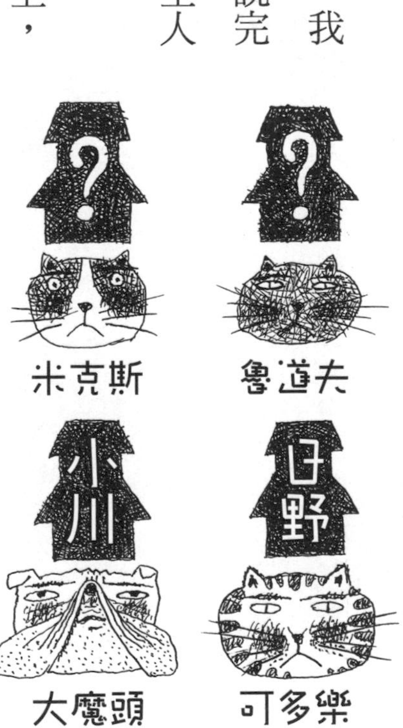

讓我嚇了一跳。我不禁開始想理惠姓什麼呢？我看著可多樂說：

「我也不知道理惠姓什麼……」

「什麼？」可多樂嚇一大跳，「連你也不知道你以前的主人姓什麼嗎？」

「因為……不知道主人姓什麼，對我的生活也不會造成困擾啊！對不對，米克斯？」我尋求米克斯的意見，米克斯也同意我的看法。

「就是說嘛！不知道主人姓什麼也沒差。如果要這麼說，你又如何呢？你叫虎哥，那你姓日野嗎？你叫日野虎哥嗎？日野虎哥聽起來好像大貨車的名字，如果是虎哥日野，又像摔角選手。」

「你們兩個都不要再說傻話了！貓有沒有姓氏都無所謂，我們現在在說的不是貓咪，是人類。算了，既然你不知道，我也沒轍。那麼……名字呢？五金行老闆叫什麼名字？」可多樂問。

「名字啊……」看著米克斯喃喃自語的模樣，我猜想他該不會連飼主名字都不知道吧！

我有一種不好的預感，而且我的預感通常很準。

米克斯說：「名字是不是指小魯或魯道夫這種稱呼？我想起來了，你好像說過『我的名字叫可多樂』。」

可多樂繼續追問：「對，就是這個！你仔細想想，五金行老闆娘都是如何稱呼老闆的？」

對於可多樂的問題，米克斯只回了兩個字：「老公。」

「老公？」

「對，老公。五金行老闆娘都叫老闆老公，老闆則叫老闆娘老婆。所以老公和老婆就是他們兩人的名字。」

可多樂聽完米克斯的回答，喃喃自語：「真拿你沒辦法……」接著就陷入沉默。

今晚有好多沒辦法，不過，可多樂並不會因為這樣就打退堂鼓。他想了一會兒，說：

「好，我知道了。沒關係，我們只要查看鄰居收到的賀年卡，看看裡面有沒有來自茨城縣的卡片。我猜最多不會超過一百張。再從中找出開頭寫著『我在東京時承蒙您的關照』的卡片，這就是五金行老闆寄來的。我再說一次，你們聽好了。我們先調查五金行

老闆以前在這裡常來往的鄰居，從他們家中找出茨城縣寄來的賀年卡。接著看卡片內容，裡面寫著『我在東京時承蒙您的關照』的卡片應該不多。雖然麻煩了一點，不過，就先這樣吧！作戰計畫確定！明天早上開始調查。」

討論這麼久，終於確定了做法。

「那我就先告辭了。」於是可多樂回到客廳，繼續陪日野先生看電視。

客廳傳來了女歌手唱的演歌聲。我忍不住想……確實如此，日野先生說得沒錯……今年紅組應該會贏。

白×紅

10

魚店潛入作戰與陷阱的比喻

我們的作戰計畫從元旦早晨開始執行。

根據米克斯的說法，商店街的店家中，與他前飼主熟識的人包括魚店老闆、花店老闆和自行車店老闆。

其中，自行車店老闆並不住在店面後方或二樓，而是住在其他地方。米克斯不知道他住在哪裡，因此，這次的潛入對象鎖定魚店和花店。

魚店大哥哥和我跟可多樂的交情不錯，我們有時會到魚店打招呼。所謂的打招呼就是看準魚店大哥哥有空的時間，在店外喵喵叫，使出渾身解數賣萌。

每次只要這樣打招呼，魚店大哥哥一定會將賣剩的魚，或可能賣不掉的魚給我們吃。我們的目標是五隻一盤的小竹筴魚，由於魚店買進的小竹筴魚不一定剛好是五的倍數，例如五十條或一百條，因此很容易多出來。一條小竹筴魚沒辦法賣，因此魚店大哥哥會將多出來的小竹筴魚給我們吃。

我剛剛用了「五的倍數」這樣的說法，不知道這個說法的，可不能算是有教養的貓。

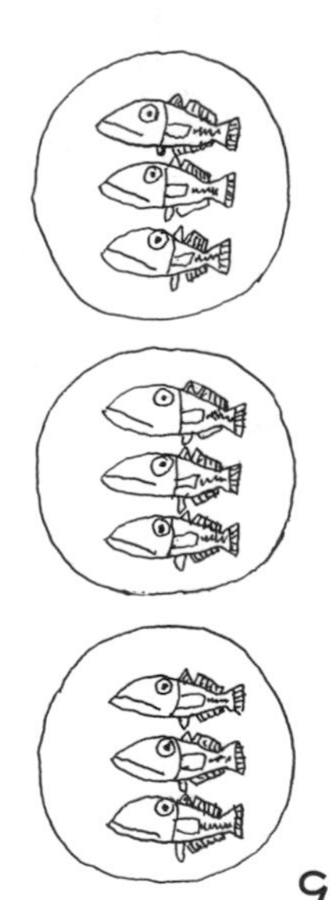

9是3的倍數

對了，如果元旦當天魚店沒有營業，那該怎麼辦呢？

不用擔心，可多樂也擬定了魚店潛入計畫。

魚店的收信口開在店面鐵門上，魚店大哥哥每次要拿報紙時，都不會穿過店面，而是先從後門出去，走到鐵門前拿出卡在收信口的報紙。

店面營業的時候，郵差會將信件親手交給魚店大哥哥；但店沒開的時候，郵差就會將信塞進鐵門上的收信口。因此，元旦這一天，魚店大哥哥會到門口兩次。一次是去拿報紙，一次是去拿賀年卡。也就是說，我們潛入魚店的機會有兩次。

潛入花店的機會就更多了。因為有些顧客會在元旦當天上門買花，花店會在元旦這一天從早上開到傍晚。

我與可多樂、米克斯從清晨天還沒亮的時候，就到魚店旁等待機會。

米克斯除了英文字母外，其他都看不懂。他可能覺得自己來這裡毫無用處，但可多樂早就想好了米克斯要扮演的角色。

送報生是從車站方向騎腳踏車過來商店街。當腳踏車出現在商店街入口那一刻，可多樂提振精神，對我們說：

「所有人就戰鬥位置！」

米克斯站在商店街大馬路上，從魚店巷子裡就能看見他的位置。我和可多樂則在廚房後門待命。

過了一會兒，送報生將報紙塞進魚店鐵門上的收信口。等了好久，魚店大哥哥都沒到門前拿報紙。

貓最擅長的就是等待。

我很會抓麻雀。抓麻雀有許多訣竅，其中最大且最重要的就是屏住氣息，靜靜等待。我不會衝進麻雀待的地方去抓，而是靜靜等待麻雀向我走來。現在，我就像在等麻雀一樣等著魚店大哥哥出現。

不過，魚店大哥哥遲遲不出來，就連我也開始坐立不安。

天色逐漸亮起，商店街陸續傳出店家老闆拉開鐵門的聲音。

米克斯走進小巷，向我們報告：「花店的鐵門打開了。」

「我知道了。不過，米克斯，不要離開駐守崗位。因為後門很可能在你離開的時候打開。」可多樂要米克斯回到自己待命的地方。

花店大門開了。等了一會兒，依舊沒看到魚店大哥哥從後門出來。可多樂喃喃自語的說：

「那傢伙到底在做什麼？睡過頭了嗎？歸工睏過頭才沒辦法提升自己的教養，至少也要早起讀報紙啊！」

容我說明一下，可多樂說的「歸工睏過頭」是「整天睡過頭」的意思，可多樂成天將教養掛在嘴邊，但有時候他的用字遣詞倒是充滿鄉土味。

先不管這些了，魚店大哥哥一直沒出來拿報紙。莫非他是想等賀年卡寄到之後，再跟報紙一起拿？正當我這麼想的時候，魚

店後門打開了。

魚店潛入作戰正式開始！

一看到穿睡衣的魚店大哥哥從後門走出來，米克斯就大叫：

「咕嘎嘎嘎嘎啊！」

這是貓咪吵架時的威嚇聲。

魚店大哥哥沒有關上後門，他對著米克斯說：

「怎麼啦？發生什麼事？喲，這不是米克斯嗎？你看到流浪狗了嗎？」

我們就是在等這一刻！

我和可多樂趁著魚店大哥哥和米克斯說話，無心注意周圍的時候跑進魚店裡。

米克斯對著魚店大哥哥說：「沒有，沒事。對了，新年快樂。」他說了這麼一大串，但魚店大哥哥只聽到「喵喵喵」而已。

之前說過我們有兩次機會，我們在第一次機會出現時就順利潛入魚店裡。潛進去之後，我和可多樂立刻躲在角落。

門很快就關上，我們聽見魚店大哥哥走上二樓的聲音。潛入作戰的第一階段成功！

魚店裡連一隻魚都沒有，就算有，我們也不能出手。要是出手，我們就變成小偷了。

只有在理惠家附近商店街的魚店可以偷魚。那家魚店老闆真是小氣，不過是偷了他一條柳葉魚就一直追著我不放，最後竟然還從後方丟拖把攻擊我。而且，他丟的拖把還不是自己的，是花店的。

那支拖把跟著我一起搭著大貨車來到東京，不知道最後怎麼樣了。

大貨車司機應該不知道那支拖把是岐阜花店的，就算想歸還也還不了。

即使已經過了這麼久，一想到以前魚店老闆的事，我還是很生氣。

我曾經將自己很氣魚店老闆的事告訴可多樂，他對我說：「小魯，換個角度想，多虧有他，你才能到東京展開新生活，別跟他計較了。」

當時我立刻反駁：

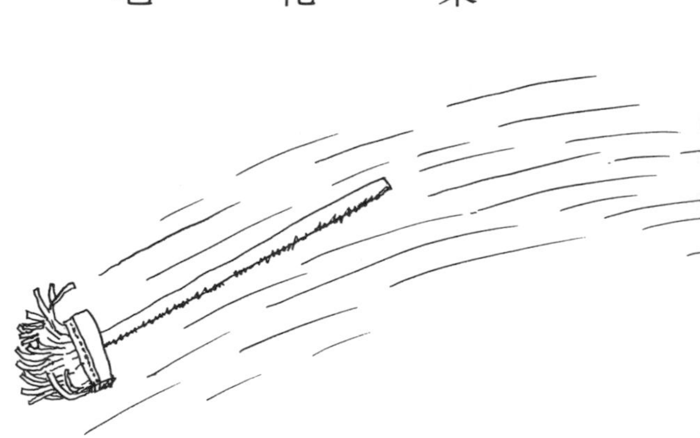

「這麼說好了，假設有一個人在隔壁家的庭院挖一個陷阱，想讓住在那個家裡的人掉下去。可是他挖到一半時被屋主發現，於是拔腿就跑。那家人發現自家庭院裡有一個洞，還看到洞裡面有東西閃閃發光，於是決定繼續挖下去。屋主又挖了第二個洞、第三個洞，挖出許多寶貴的金幣。難道這一切都要歸功於一開始挖陷阱的那個人嗎？應該不是這樣吧？這和我遭遇到的事是一樣的道理。」

可多樂那時這樣回我：「你突然用挖洞來比喻，我還不懂什麼意思，聽到後來才明白。你說到一半時，我還以為你要講的是『把金幣給貓（注）』的諺語故事。無論如何，你說得很有道理。不能因為結果是好的，就說起因是對的。不過，你的腦筋動得好快呀！老是想得出用來比喻的故事。話說回來，岐阜的魚店老闆之所以拿拖把丟你，是因為你偷了一條柳葉魚，不是嗎？」

「可是……我後來又沒吃到那條魚。」我實在不服氣，堵了一句心虛的藉口就結束這個話題了。

岐阜魚店老闆的事暫且放一邊，我們又等了一段時間，賀年卡才寄到魚店。

話說回來，雖然我叫這裡的魚店老闆為大哥哥，其實他已經有一點年紀，應該叫他大叔才對。根據可多樂的說法，魚店大叔已經三十多歲。他也娶了太太，兩人一起經營店面。他們好像還沒有生小孩。

在等賀年卡寄來的期間，我找話題和可多樂聊天：

「不知道魚店老闆娘今天在不在，她在二樓嗎？」
「老闆娘應該回娘家了吧！今天是過年耶。」
「娘家？」
「是啊。」
「娘家是哪裡？國外嗎？對了，我記得國外有一個地方叫達卡，那是在哪裡呀？我還記得之前在日野先生家看世界地圖時，還想到『來達卡打卡』的俏皮話，可惜沒有機會說。而且……『來達卡打卡』也沒那麼俏皮。」
聽到我的話，可多樂忍不住翻白眼說：
「達卡是印度旁邊孟加拉的首都。還有，娘家不是地名。娘的寫法是『女良』娘。娘家指的是老婆父母住的地方，也就是老婆生長的原生家庭。每年過年，人們都會回到自己父母住的地方。我每次都覺得人類好辛苦，不只要坐新幹線返鄉，有些人甚至要坐飛機回九州或北海道呢！」

各位可能以為我聽可多樂說到這裡的時候，會說「你之前也想去美國見日野先生，好像沒資格說別人」，但我沒這麼說。

我問可多樂：「你知道魚店老闆娘的娘家在哪裡嗎？」

「不知。」即使是博學多聞的可多樂，也不知道這個問題的答案。

我覺得好無聊，忍不住開起玩笑：

「不知？好奇怪的地名啊！是在國外嗎？」

沒想到可多樂沒有翻白眼，只是斜眼看了我一下。

中午過後，郵差才將賀年卡送到魚店。郵差將賀年卡塞進鐵門上的收信口時，發出「喀答」一聲。

之前報紙送來時，魚店大哥哥過了好久才下來拿。這次郵差一將賀年卡塞進收信口，魚店大哥哥就迫不及待下樓來拿。我們聽到他從二樓下來，接著又聽到後門打開的聲音。

魚店大哥哥開心的說：「哇，今年又收到好多賀年卡！」接著就聽到他上樓的聲音。

可多樂說：「好，再等一個小時。

那傢伙每年元旦下午，都會穿上西裝出門。」

「是去老婆的娘家嗎？」我問。

「這我就不知道了。」

過了一小時之後，魚店大哥哥真的像可多樂說的出門了，我們聽見後門打開又立刻關上的聲音。

米克斯從外面對我們說：「他走了。」

「收到！」可多樂對著外面回答，接著對我說：「小魯，開始行動，往二樓走。」

我跟在可多樂身後走上樓梯。

注：意思是給貓咪錢，牠們也不懂有什麼價值，引申指「不識貨」。

11

魚店老闆的名字和七位數號碼

可多樂一上樓就發現一疊賀年卡。在暖桌上有一疊收得很整齊的賀年卡，高度竟然有面紙盒的一半。

可多樂跳上暖桌對我說：

「小魯，正面的大字是這間魚店老闆的姓名，下方寫著『先生或小姐』二字。名字有可能是老闆的，也可能是老闆娘的，所以不用一一查看。重點在賀年卡旁邊或後面的寄件人姓名。」

我跟在可多樂後面跳上暖桌後，注意到那一疊賀年卡。

雖然說不用一一查看，但我看到其中一張賀年卡，正面寫著大大的「坂田浩一先生」幾個字。最上面的字不是印刷字體，是用手寫的，而且沒有標示注音。我直到這一刻才知道魚店大哥哥的名字。

可多樂看著最上面的賀年卡說：「這張來自靜岡縣。」寄件人的地址是沼津市。

「對耶，這是靜岡縣……」說完這句話之後，我倒抽一口氣。

賀年卡上的地址從沼津市開始寫，沼津市屬於靜岡縣，但賀

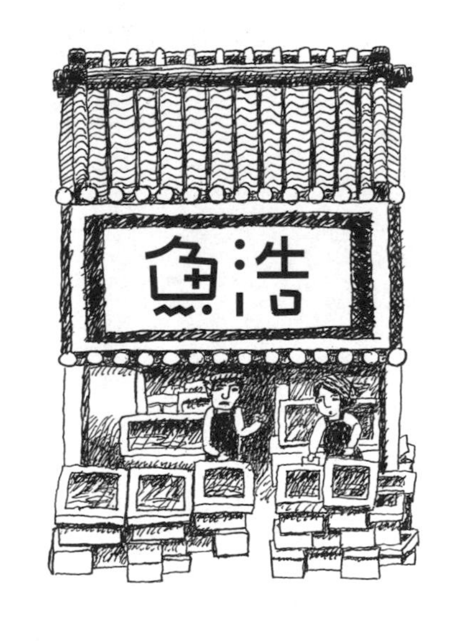

年卡上沒寫靜岡縣。之前我回岐阜時，為了避免迷路，不知道自己在哪裡，早已將途中會遇到的市名與縣名全部背起來。

話說回來，我根本不知道茨城縣裡到底有哪些市！只看到市名，根本不知道是不是在茨城縣境內。

「可多樂，我現在才發現一件很重要的事情。賀年卡上如果只寫市名，沒寫縣名，該怎麼辦？你光看市名，怎麼知道是不是茨城縣？你把茨城縣的所有市名全都背起來了嗎？」

可多樂回答：「小魯，你不要以為我什麼都知道，我怎麼可能知道茨城縣的所有市名？水戶、土浦那一帶我還知道，但行政區劃分不是只有市，還有町和村。」

「那你說該怎麼辦？」

「怎麼辨？小魯，即使賀年卡上沒寫茨城縣，也有一個方法可以輕鬆辨認。再說，很少人會從茨城縣開始寫自己家的地址。」可多樂說完立刻伸出前腳，將最上方的賀年卡撥下去。

「這張也不是。」他將第二張撥到旁邊，又將第三張也撥掉。看到第四張時說：

「真是的，老是做這種吃力不討好的事。」再用靈活的爪子勾住賀年卡的邊邊，翻過來看之後撥在桌面上。

這張賀年卡畫著松樹，下面寫著「恭賀新禧，今年還請多多指教。」下方還有七位數字，接著是從日立市開始寫起的地址和姓名。

我忍不住想這棵松樹畫得真好啊！真想爬上這棵松樹磨爪

子，一定很舒服呢……

就在我神遊之際，可多樂說：「這張來自茨城縣。」

我將頭從賀年卡上抬起來，看著可多樂說：

「你知道日立市在茨城縣嗎？」

「這個嘛……我知道知名的電機製造工廠在日立市，不過，就算不知道，也能分辨出這個地址屬於茨城縣。」

「你怎麼知道？」我問。

「我怎麼知道？你看地址下面有七位數字，對吧？這是郵遞區號。茨城縣的市、町、村郵遞區號前面兩位數不是三〇就是三一，這是固定不變的。」可多樂說。

「喔！原來是這樣啊！可多樂，你竟然知道茨城縣郵遞區號的前兩碼是三〇跟三一，真厲害啊！」

「我知道郵遞區號，但即使如此，我也不知道三〇跟三一屬於茨城縣。我是趁你睡覺的時候，在日野先生的書房找到郵遞區號簿，特地查了一下。」

「原來如此！」我再次看向賀年卡。

這張賀年卡的郵遞區號前兩碼是三〇。確認是來自茨城縣之後，我又看了看上面的松樹圖案，忍不住稱讚：「話說回來，這棵松樹畫得真好啊……」

「不用注意這個，要是分心看這些細節，只會浪費時間。要注意的重點是顯示曾經住過這裡的訊息，例如『之前住東京的時候』、『之前住小岩的時候』這類詞句。不要分心去看繪畫或照片這些小細節。總之，我會先篩選出來自茨城縣的賀年卡給你，你再從中找出最近還住在這裡的句子。」

「嗯……我總覺得你提出的方法對你比較有利，你要看的文字量比我還少。」

「既然你這麼想，那就交換吧！大多數寄件人都是將地址寫在背面，你能像我剛剛那樣一個反手就將賀年卡翻過來嗎？」

雖然我的前腳也很靈巧，但比不上可多樂。我只好說：「我知道了，照你說的那樣吧！」

可多樂再次叮囑我：「我們不是在參加賀年卡審查大賽，不要花時間欣賞卡片上的圖畫。」

儘管可多樂的前腳很靈活，但賀年卡還是散落在暖桌上。可多樂根本不管散落一地的卡片，依舊隨興的將賀年卡往下撥。

我們分工合作，一一查看，我終於找到可能的賀年卡了！

這張卡片上寫著：「新年快樂，我住那裡的時候，時常承蒙您照顧。」

「太好了！找到了！我找到了！」我開心的大叫。

「是嗎？還真快呢！我看看……」可多樂說完便探過身子，看了一眼，接著對我說：

「真是拿你沒辦法，你再看仔細一點好嗎？」

於是我接著看下去……

「時光飛逝，歲月如梭。我搬到這裡已經十年，當時還在念小學的兒子，如今已經是大學生了……」

「原來如此，這個人從這裡搬走十年了，而且還有一個正在念大學的兒子……」我恍然大悟。

「也就是說，他不是五金行老闆。」可多樂接著繼續低頭查看賀年卡。

要是在魚店找不到五金行老闆的賀年卡，就必須去花店找。

我們兩個加快速度搜尋。賀年卡散落在暖桌上，看起來像是在抽百人一首歌牌（注）。當然，還有許多賀年卡掉在桌子下方。

從茨城縣寄來的賀年卡共有十三張，可是沒有一張來自米克斯的前飼主。

「好奇怪。照理說，米克斯的前飼主應該會寄賀年卡來才對呀。」我說。

為了以防萬一，可多樂也檢查了一遍特別挑出來的這十三張賀年卡。連他也沒找到可能是米克斯前飼主寄來的賀年卡。

「真的沒有。那也沒辦法，我們去花店吧……」可多樂跳下暖桌，接著便往樓梯走去，我趕緊出聲叫他：

「等一下，這些散落一地的賀年卡就這樣放著不管嗎？」

「不管了，如果要疊回去，還得花半天才能恢復原狀。」

我望著暖桌上和地上的賀年卡說：

「可是，如果不收的話，魚店大哥哥會以為遭小偷了。」

「那也沒辦法。再說，沒有東西真的被偷，他們不會認為是遭小偷。」

「那他們會怎麼想？」我問。

「可能覺得家裡鬧鬼了吧！」可多樂不耐煩的回答，並走下樓梯。

魚店大哥哥平時很照顧我和可多樂，就這樣離開對他很過

意不去，我相信可多樂也有同樣的想法。

我跟在可多樂身後走到一樓。此時後門還關著，我們就在門旁邊等著，在這段期間裡，可多樂一直沒說話。不知過了多久，等著等著，小巷傳來腳步聲。有人在唱：

「魚兒，坂田，坂田魚店……」那是魚店大哥哥唱歌的聲音。從歌聲聽起來，他好像很開心，或許喝了酒吧！

「魚兒，坂田，坂田魚店……」歌聲越來越近。

接著我們聽見鑰匙插入鑰匙孔的聲音，後門「喀嚓」一聲打

開了。

在這一瞬間，米克斯又「咕嘎嘎嘎啊！」的叫了起來。

「米克斯，怎麼啦？怎麼又是你？」我們聽見魚店大哥哥走向他說話的聲音，跟我們預想的一模一樣。

可多樂說：「走吧！」

我們順利走到小巷子裡，接著往商店街前方道路的反方向走去，我跟在可多樂身後，跳上與後方房子相隔的圍牆。

此時已經是傍晚，冬天的晚霞開始籠罩大地。

我們從圍牆上眺望商店街的大馬路，只見米克斯站在魚店大哥哥的腳邊，大哥哥對他說：「米克斯，怎麼啦？你肚子餓了嗎？今天沒做生意，店裡什麼也沒有。你一直在這邊等我嗎？真是不好意思。」

其實真正不好意思的是我們……

注：一種日本的傳統紙牌遊戲，通常會在過年的時候玩。

12

佯攻作戰與沒聽過的名字

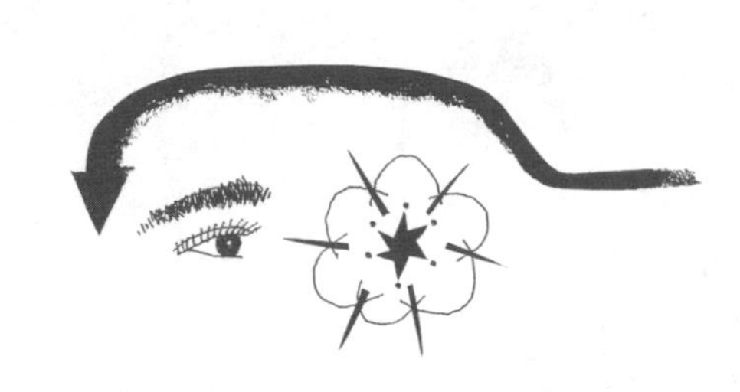

米克斯跑到花店門口等我們。他看見可多樂和我走過來，又看到我們臉上的表情，小聲對我說：「看來在魚店老闆那裡沒有找到線索。」

我點點頭。

「我們還有花店可以找。」可多樂說完便走進花店。

花店還在營業，可是一位客人也沒有，只有花店阿姨一個人坐在工作臺前。

花店阿姨看到可多樂，對他說：

「哎喲，這不是阿虎嗎？啊！我想起來了，你不叫阿虎，你的名字是虎哥。這是前陣子日野先生來買花時說的。」

說到這個，由於工作的關係，日野先生經常到處送花，可能就是向這家花店買的。

「你們餓不餓？」可多樂看著他身後的我和米克斯問。

我們早上離開日野先生家時已經吃過早餐，但從那之後，我們什麼也沒吃，現在肚子很餓。可是我們的作戰計畫進展得不順利，在這個節骨眼上很難說出「肚子快餓扁了」這種話。

正當我不知該如何回答時，可多樂發出超一流的貓咪撒嬌聲：「喵嗚嗚嗯……」

「哎呀！就算當了寵物貓，肚子還是會餓，對吧？等我一下喔，我現在去拿點東西給你們吃。」花店阿姨說完就從椅子上起身，順勢將手中的東西放在工作臺上。

那是一疊賀年卡。

趁花店阿姨走進店面後方，可多樂跳上工作臺。

花店阿姨很快就走出來，手裡拿著一個裝有十條小魚乾的保麗龍盤子，接著將盤子放在工作臺下方。可多樂在工作臺上說：

「米克斯、小魯，你們吃吧！賀年卡就在臺上，花店阿姨已經分類好，一邊是有生意往來的，一邊好像是親戚朋友寄來的。

總共大約有一百張，但有生意往來的人寄來的賀年卡比較多。除了這兩種之外，好像沒有其他的。我會先從臺上的賀年卡查看，你們吃完之後想辦法吸引花店阿姨的注意，不要讓她發現我在做什麼。唯一要遵守的是，絕對不能弄亂花。」

可多樂使出的是佯攻作戰，也就是聲東擊西。這是一種將對方的注意力吸引到無關緊要的事物上，再趁機達成重要目的的作戰策略。

「我知道了。」正當我要開始吃小魚乾時，米克斯突然說：「小魯，我要開始嘍！」下一秒我感覺好像有什麼東西撞到我的頭。

我抬頭查看發生什麼事，就看到米克斯向我跳過來。我嚇得立刻大喊：

「米克斯，你在幹麼？」

下一秒我立刻明白過來，米克斯已經展開佯攻作戰。

米克斯的考慮是對的，如果要為小魚乾打架，一定要在吃之前，不能吃完才打。所以米克斯現在向我飛撲過來，營造出我們為了爭奪小魚乾打架的假象，吸引花店阿姨的注意。

我從喉嚨發出「嘎嘎嘎嘎嘎！」的威嚇聲，進入備戰狀態。我抬起右前腳，正打算出拳時，突然想到一個點子。

我立刻不理米克斯，蹲低身體跳上工作臺，並故意撞了可多

樂一下，接著將工作臺上數量較少的那一疊賀年卡掃落在地。

如果花店地板是溼的，我就不能使出這一招。不過，那一天客人很少，花店地板是乾的。即使賀年卡撒落在地上也不怕。

花店阿姨嚇了一大跳，大聲喊叫：

「啊！小黑，發生什麼事了，你怎麼突然跳上來？」

我對米克斯說：

「趕快去外面，立刻逃出去。」

「我知道了。」他說完轉身跑到馬路上。

我立刻追出去，從背後跳到米克斯身

上。米克斯順勢往前倒，但很快就起身，弓起背部，擺出貓咪常見的憤怒姿勢，背部的毛全部豎了起來。

雖然我們是在演戲，但米克斯演得太逼真，讓我有點膽怯。我也想像他一樣炸毛，卻完全沒辦法。

米克斯朝我跳過來，我假裝轉身要逃，就在這個時候，米克斯從後方對我使出超級勒頸技！

「米、米克斯，我快不能

呼吸了！你怎麼認真起來了……」

我忍不住大喊，米克斯才放鬆了力道。

花店阿姨走出來看到我們在打架，趕緊出聲制止：

「哎呀！怎麼啦？你們平時感情不是很好嗎？怎麼打架啦？」

我從超級勒頸技逃脫出來，重新擺好戰鬥姿勢，向米克斯跳過去。這次換米克斯往後逃……我們就這樣不斷的你追我跑。

不久之後，可多樂從店裡走出來說：

「好了，可以了。小魯，你的計畫很好。不過，從茨城縣寄來的賀年卡只有三張，都不是五金行老闆寄的。你們可以不用演戲了，難得有小魚乾吃，吃完就回家吧！」

花店阿姨站在一旁，兩隻手摀住嘴巴，嚇得臉色蒼白。

「對不起，嚇到你了。」我向阿姨道歉。

「真的很抱歉。」米克斯也跟著道歉。

但是我們的道歉聽在阿姨耳裡，只是在喵喵叫罷了。

可多樂一出來，我和米克斯就乖乖的不打架了，接著又緩緩走回花店。阿姨看著可多樂的背影，嘆了一口氣說：

「虎哥，還是你有威嚴，鎮得住場面，好像高倉健和菅原文太啊……」

米克斯和我並肩走進店裡，他問：

「高倉健和菅原文太……是誰呀？」

「不知道，我想應該不是貓，而是什麼偉大的人類吧？回頭

再問問可多樂。」我走到保麗龍盤子前，開始大快朵頤。米克斯也在我身邊大口吃著小魚乾。

我瞥了一眼可多樂，發現他把散落在地上的賀年卡全都掃成一堆。

花店阿姨看到可多樂幫忙整理賀年卡，忍不住稱讚起來：

「虎哥，你好乖啊！真是懂事又帥氣！」

那是當然的啊！雖然今天他站出來平息我和米克斯打架是在演戲，但可多樂就是可多樂。又懂事又帥氣，厲害之處可多了！而且還知道郵遞區號呢！

這是我真實的想法。

可多樂今天依舊展現出自己的勇氣與智慧，花店阿姨給的小魚乾也很好吃。有點可惜的是，今天兩次作戰都以失敗告終。

我原本還以為今天會很順利呢……

13

不寄賀年卡的理由與豎起的背毛

我們回到日野先生家，吃完貓罐頭之後，從花店離開後就一直不說話的可多樂對我和米克斯說：

「只是魚店和花店沒收到賀年卡而已，沒什麼大不了的，不代表五金行老闆不會寄賀年卡給這裡的人。」

我們窩在日野先生家的客廳，可多樂坐在沙發上，我和米克斯並肩坐在地上。

「沒錯，商店街還有許多店家。」我說。米克斯沒說話，但也點了點頭。

接著，可多樂抬頭看向天花板，客廳的正上方是日野先生的書房。剛剛我們從外面回來時，看到書房窗戶透著燈光。雖然家裡很安靜，但日野先生應該在書房吧！

可多樂將視線從天花板收回來，看著米克斯，問了一個很奇怪的問題：

「五金行的老闆娘，身體好嗎？」

「身體應該不錯，她從來沒有感冒過。」米克斯回答。

可多樂進一步問：「這樣啊，不過，她是否曾經去大醫院接受檢查呢？」

「我不曉得耶，應該也沒有……」雖然米克斯這麼說，但他不是很確定。沒一會兒立刻又說：「啊！我想起來了，在搬家前不久，老闆娘曾經說過她胃痛。」

「胃痛？真的嗎？」可多樂向米克斯確認，接著又說了一些令人摸不著頭緒的話。

「胃痛啊……五金行老闆娘的年紀並不大，那麼年輕，胃方面的問題會很快……」

「你在說什麼啊？胃方面的問題會很快，是什麼意思？」

可多樂沒有回答我的問題，而是對米克斯說：

「米克斯，我和你是朋友。如果我說了一些讓你難過的話，

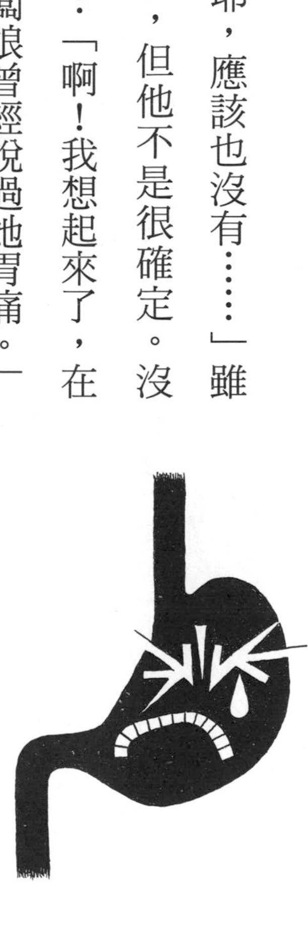

希望你明白，我沒有惡意。」

米克斯眨了眨眼，對可多樂說：

「虎哥，你怎麼了？為什麼說話這麼客氣？我不會認為你有惡意，請坦白告訴我吧！」

「五金行老闆很喜歡寫信，又和魚店老闆及花店阿姨是好朋友，搬家後他一定會寄賀年卡給魚店老闆和花店阿姨。可是，他們都沒收到五金行老闆寄來的賀年卡。你認為原因是什麼？」可多樂說。

「是什麼原因呢？」米克斯偏著頭思考。

「會不會是郵差送信的時候漏掉了？」我說。

可多樂點點頭。

「嗯，這樣的事情不能說不可能發生。不過，即使是每年都互寄賀年卡的朋友，也有可能在某一年彼此都沒寄。」接著他說出一句令人震撼的話：「那就是收到喪中明信片的那一年。」

我問：「喪中明信片？那是什麼？」

可多樂開始解釋什麼是喪中明信片：

「假設某人的家人過世，他一定很悲傷，可能有一段時間感到沮喪，開心不起來。此時如果有人對他說『新年快樂』，反而會讓他感到憤怒。這段悲傷的期間稱為喪期。喪期並沒有一年或兩年這類明確的期限，一般來說，如果家人逝世，大概一年的時間不會碰喜事。有鑑於此，如果家裡有人逝

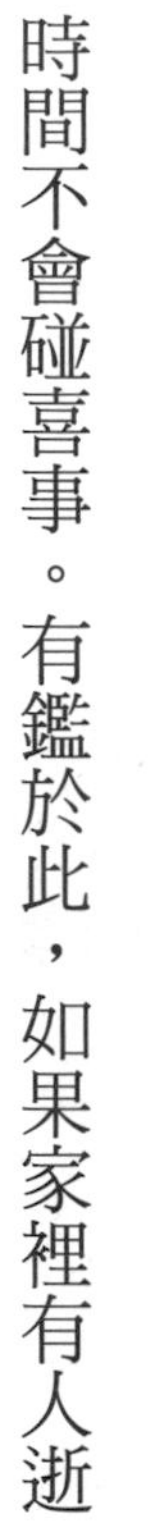

世，應該事先寄一封明信片給以往會寄賀年卡的親友同事，告訴他們『我今年不會寄賀年卡』。這張明信片就是喪中明信片。通常是十一月，最遲十二月初就會寄出來。」

可多樂說完便停下來。米克斯喃喃自語的說：

「喔，原來是這麼一回事，所以你才會問我老闆娘有沒有生病。你剛剛說胃方面的問題會很快，指的是年輕人如果出現胃部的問題，會惡化得很快嗎？」

「沒錯。」

「原來如此……如果真的是這樣，老闆就變成孤零零的一個人了。」米克斯低著頭，難過不語。

我終於明白可多樂的意思。簡單來說，如果老闆娘過世，米克斯的前飼主就會寄喪中明信片給親友，到了年底便不再寄賀年卡。因此魚店大哥哥和花店阿姨之所以沒收到五金行老闆的賀年卡，很可能是因為他的太太過世了。

這就是可多樂想表達的意思。

「怎麼會這樣……」我想說些什麼安慰米克斯，「米克斯，不一定是五金行老闆娘過世……」

我接下來的話不僅無法安慰米克斯，甚至還很失禮，「可能不是五金行老闆娘，而是老闆或老闆娘的爸爸或媽媽過世……」

雖然我不懂得察言觀色，經常說錯話，但說到這裡，我也發現自己說了很過分的話。

意識到自己說錯話後，我趕緊道歉：「啊！對不起，米克斯……」

「沒關係，別在意。你說得沒錯，無論是老闆娘或他們其中一人的父母過世，魚店老闆和花店阿姨都不會收到賀年卡。」

接著米克斯又說了不合情理的話：「如果真的有人有死掉，那可能不是老闆娘，而是老闆。」

「你是說五金行老闆死掉了？」我驚訝的問。

米克斯點點頭回答：「是啊。」

「可是這不合理呀，米克斯。因為大魔頭和我都看到五金行老闆，就連你也看過三次。」

「是啊。」

「剛剛可多樂不是才說喪中明信片是在十一月或十二月初寄出的，如果是這樣，五金行老闆在那個時間點已經死掉了，為什麼在茨城死掉的人會出現在這附近……」說到這裡，我終於理解米克斯的意思。

「什麼！怎麼可能！哪有這種事？」我忍不住大聲尖叫，轉頭看向可多樂。

「我不相信這個世界上有鬼，但我相信確實會發生不可思議的事情。」可多樂說完便看向客廳門，好像有人要進來一樣。

我立刻也回頭看向客廳門，那扇下方有貓門的門，一如往常的關著。

我不知道可多樂為什麼會突然看向門。不過，要是當時米克斯的前飼主開門走進來，我一定會嚇到暈倒。不，如果在門沒開的情況下，米克斯的前飼主穿過門走進來，就不是嚇到暈倒這麼簡單了。

米克斯也回頭看著門。

這一刻我真的認為，雖然我什麼也沒看見，但可多樂和米克斯很可能看見了什麼。之前我和米克斯假裝打架時沒能豎起來的背毛，現在全部豎了起來。

「他真的死了嗎？他死了之後太寂寞，所以來看我嗎？早知道是這樣，當時看到他的時候應該走過去才對……」米克斯喃喃自語。

現在這個情況，我只能沉默不語，要是我又開口，可能會說出什麼奇怪的話。

說不定米克斯的前飼主不是搬到茨城縣，而是搬到更遠的地方去……

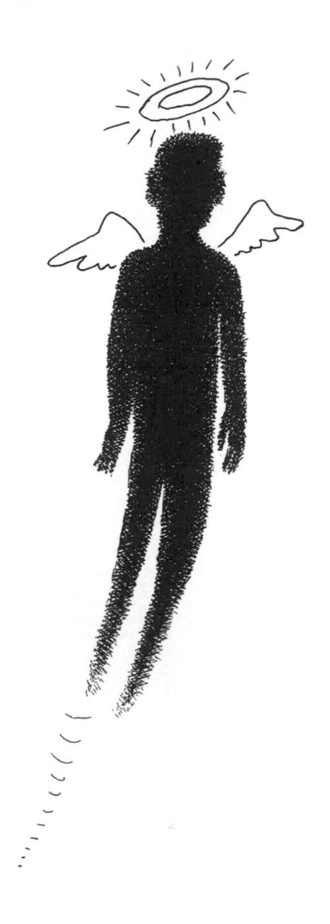

14

米克斯的新戰略與跟特托爾握手言和

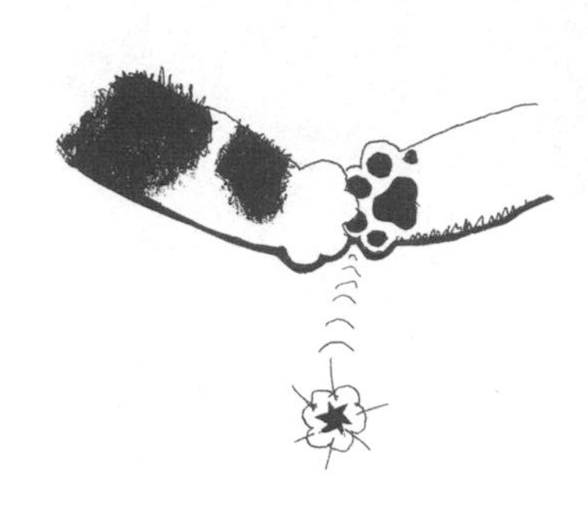

當天晚上，米克斯決定留在日野先生家過夜。我、可多樂和米克斯一起睡在客廳沙發上。我早上醒來時，發現可多樂已經不在客廳了。

貓用前腳擦臉的時候，人類都會說那是貓咪在洗臉，這是真的。我醒來時，米克斯正在洗臉，他對我說：「小魯，不管發生什麼事，我還是要去前主人那裡看看。」

我爬起來，坐到米克斯對面說：

「這是應該的，其實我也認為你一定會去。」這是真心話。

我接著又說：

「我也跟你一起去。」

到了這一步，就算米克斯說他要去天涯海角，我也會去。那一刻我真的這麼想，老實說，我覺得這麼想的自己真的好帥喔！

米克斯點頭說：「我也認為你一定會這麼說。」

接著我們開始擬定新的作戰計畫。

米克斯說出他的打算：「我打算澈底搜查茨城縣，每一個角落都不放過。原本以為花一兩個月就夠了，但現在看來沒那麼簡單。我不了解茨城縣，接下來我會努力學習茨城縣的一切。要是不知道那裡有哪些城鎮，很難在當地找人。如果茨城縣比我想的還要大，可能要花好幾年才找得到人。話說回來，你不可能長期離開這裡，我在這裡也有自己的生活，如果離開太久，小雪也會覺得寂寞。再說，我也不可能在茨城縣流浪好幾年。所以我是這麼想的，等接下來天氣比較好的時候，例如春天到夏天這段期間，我們就前往茨城縣找人。如果過了夏天還找不到，秋天就回來這裡。等到明年春天再去茨城縣。你覺得如何？」

我立刻表示同意。「這個想法很棒。我們不在的這段期間，可多樂一定會幫我們蒐集情報，也許他能找到什麼線索。」

「不過，現在到初春還有一段時間，我們不必急著出發，趁這段時間好好蒐集資料。」

「你說得沒錯，正所謂『欲速則不達』。」

「這是什麼？又是《口袋版諺語辭典》的諺語嗎？」

「嗯，意思是越急著做事，越容易吃到苦頭。」

「原來如此。對了，這段期間我想待在這裡。我還要學羅馬拼音，說不定老闆還會來這裡。我如果再看到他，就算他是鬼，我也會過去跟他打招呼。」米克斯說。

「我也覺得這樣比較好。可是，要是那個時候五金行老闆跟你說：『米克斯，要不要跟我一起走？』你會怎麼做？如果他還活著，那還無所謂；如果他是鬼，總覺得有點……」我原

本想接可怕，但決定改成「麻煩呢……」

「也許吧！但我認為老闆還活著。昨天我確實想說他可能已經死掉了，但那是因為我意志薄弱的關係。我相信這個世界上沒有鬼！」米克斯堅定的說。

我的想法和米克斯一樣。

我們重新提振精神，比平常吃了更多貓餅乾，我和米克斯都吃得好飽。正當我們吃飽飯在喝水的時候，可多樂從廚房後門走了進來。

「喲，你們起床啦！今天我們去商店街其他的店碰碰運氣。」

可多樂說完，便將臉埋進碗裡吃了三塊貓餅乾，接著抬頭說：

「我剛剛去找大魔頭了，根據他的說法，五金行老闆和老闆娘並沒有出事。我們可能漏掉了什麼線索，例如漏了什麼事情沒做，或漏看了該看的東西。接下來調查賀年卡時，得好好留意這一點。」

聽到可多樂這麼說，我想起一件該做的事。

「可多樂，我和米克斯出去一下，中午回來。」

「你跟我來一下。」我對米克斯說，他默默的跟著我往外走。

我往商店街走去，米克斯說：

「如果要查看賀年卡，應該找虎哥一起來才對。」

「我不是要查看賀年卡。我們如果春天要離開這裡，有些事必須先做好才行，而且越早越好。其實，我想讓你見一隻貓。」

我們走到商店街，來到香港飯店再往前一點的地方，在第一個十字路口右轉。

我記得特托爾說，他就住在香港飯店前面轉角的房子裡。既然如此，我們轉進來的地方應該有房子。

我大聲呼叫：「特托爾！你在哪裡？」

「特托爾是誰？難道是跟我打架的那隻貓？」米克斯問。

對於他的提問，我盡可能故作自然的回答：「嗯。」

「什麼啊！你剛剛說想讓我見一隻貓，我還以為你終於交了女朋友呢！」

「女朋友？我早就有女朋友啦！小雪和白雪公主都是我的女性朋友啊！」

「我說的不是普通的女性朋友。」

就在米克斯跟我說話時，我們聽見有人向我們打招呼。

「喲！」那不是人類，而是貓咪的聲音。原來是特托爾。我們看向聲音的來源，發現特托爾正坐在一棟透天厝的圍牆上看著我們。

米克斯說：「欸，是那個傢伙……」

「那隻貓叫做特托爾。」我跟米克斯介紹。

接著我對特托爾說：「嗨，特托爾，我要介紹一個朋友給你，你下來呀！」

特托爾輕鬆的跳下圍牆，朝我們走來。他很快就跑到我們身邊，在他們兩個還沒開口之前，我先跟米克斯說：

「他是新搬來這裡的特托爾。」接著對特托爾介紹米克斯：

「他是我的朋友米克斯。雖然你們打過架，但他不是會記仇的貓。他個性爽朗，很好相處。」

我把米克斯形容得這麼好，相信他也不會反駁我。再說，米克斯之前也說過，他有機會的話，會找特托爾聊聊。

米克斯在我耳邊悄悄的說：

「真拿你沒辦法，今天就給你一個面子。」接著對特托爾說：

「我叫米克斯。之前是我做

得太過分，對不起。不過，我希望你以後不要在神社磨爪子。我會告訴你最適合磨爪子的地方。」

「之前我也有不對的地方，我向你道歉。我叫特托爾。」

特托爾說完後，米克斯又開口：

「既然是在小魯的牽線下和好，我們就不要那麼見外了，像之前那樣坦率相處就好。」

特托爾點了點頭，對我說：

「我家主人出去了，現在沒人在家，你們要不要進來玩？還有貓餅乾可以吃喔。」

雖然我現在很飽，但既然特托爾開口了，我決定去他家玩。

「好，那就打擾了。米克斯要去嗎？」

米克斯也跟著附和：「好，一起去。」
就這樣，我和米克斯決定去特托爾家玩。

15

七個人搭乘的奇妙老貨船與怎麼看都不像武士的五個人

特托爾跳上剛剛的圍牆，再跳進圍牆後方的庭院。我和米克斯也跟著他跳進庭院。

米克斯對我說：「我來過這裡好幾次。對了，這家的男主人跟我的前飼主很熟。」

當我們走到房子後面，米克斯看著門說：

「欸，這裡有小貓門耶！之前沒有。」

特托爾從貓門鑽進去後，

沒有擦腳就走進廚房。接著用鼻子推了一下藍色貓碗，說：

「有貓餅乾，要不要吃？」

「其實我們剛剛才吃過，現在不餓。」我回答他。

「那我們去簷廊吧！我們家簷廊晒得到太陽，很舒服呢！」

我們跟在特托爾後面，走到走廊盡頭，這裡有一道夾在玻璃門和日式紙門之間的簷廊。窗簾全部拉開，陽光照射在簷廊上。日式紙門沒有關緊，我從門縫往裡看。看到一間鋪著榻榻米的和室，裡面有一張很大的暖爐桌。我看著暖爐桌，特托爾說：

「你們知道下凹式暖爐桌嗎？下面有一個方形的凹洞。」

「喔？有這種暖爐桌啊！」我很驚訝的走近，並將頭塞進暖爐被裡面。暖爐桌沒有插電，裡面很冷。我把頭塞進被子裡，使得原本捲好的被子露出一個洞口，光線從這裡照進去，讓我可以看到桌子底部。暖爐桌底下真的有一個方形凹洞，凹洞的高度正好讓人類坐在桌邊時，雙腿可以放在裡面。

我不由得想，插電之後，這裡一定很溫暖舒適。

我將頭縮回來，問特托爾：

「特托爾，你經常待在暖爐桌裡面嗎？」就在這個時候，我的眼神瞄到桌上的東西，那好像是一本小相簿。

「沒有經常啦，主人坐在暖爐桌時，我通常會鑽進被子裡。」

特托爾發現我在看桌上的相簿，就對我說：

「這是賀年卡檔案夾。我的主人將昨天寄來的賀年卡全部收進檔案夾裡。」

ALBUM

我一聽到「昨天寄來的賀年卡」，立刻問他：

「我可以看一下嗎？」

「可以呀。可是，這有什麼好看的？」

我跳上暖爐桌，米克斯也跟著跳上來。我用爪子翻開這本很像相簿的檔案夾，看到一張張放在透明夾層裡的明信片。

日野先生家也有許多這樣的本子，不過尺寸比較大，日野先生會放進各種資料，並稱呼這些本子為「資料夾」。

第一張明信片左下方，有寄件人的名字。收件人是杉野三郎，所以這家主人姓杉野。寄件人是池山清治，住在秋田縣。

翻過第一頁，左邊是第一張明信片的背面，畫著一艘船的圖畫。右邊則是第二張明信片的正面。米克斯在我身邊驚喜的說：

「哇！是寶船的畫耶！」

那是一艘甲板上堆滿東西的帆船，應該是以前的貨船吧？

我喜歡看圖鑑，平常潛入附近小學時，在圖書室翻閱過幾次《船船圖鑑》，但從未看過這樣的船。

「這是什麼貨船？船上那七個奇怪的人是誰呀？」我問。

「我也不知道，我家老闆很喜歡船。這種船叫做寶船，上面坐著的好像叫七福神。每年年底，老闆就會在牆壁貼上不知道從哪裡拿來的寶船畫。」米克斯說。

雖然我對寶船很感興趣，但眼前有一疊賀年卡，還已經放在檔案夾裡，完全不用擔心弄亂。我應該好好查看賀年卡，而不是研究繪畫。我繼續翻閱著，找到來自茨城縣的賀年卡。

第七張賀年卡來自茨城縣土浦市，上面寫著「嫁到這裡來已經三年」，可以確定這個寄件人不是米克斯的前飼主。

我繼續翻閱，沒有再發現來自茨城縣的賀年卡。

翻到第二十張左右的時候，看到一張正面寫著收件人資料，背面只有照片的賀年卡。照片的場景看起來像店鋪，前方有五名男女，身穿類似白色廚師服的制服。

照片下方寫著：「我在三個月前搬到這裡，現在在老婆娘家幫忙，從事料理工作。」接著還寫了一些話。

如果是三個月前搬去茨城縣的人寄來的賀年卡，寄件人就不可能是米克斯的前飼主，因為他是在更久之前搬走的。再說，寄件人地址的郵遞區號前兩碼不是三〇，也不是三一，而是四〇開頭。為了以防萬一，我看了一下地址，是甲府市。

「這張也不是。」

我查看右邊的賀年卡，米克斯突然說：「小魯，是這張！」

「咦，這張？這張是哪裡寄來的？我看看，左下方寫著東京都江戶區，是這附近寄出來的。」

我用前腳指著右邊賀年卡的地址給米克斯看，米克斯說：「不是這一張，是左邊那張。照片，照片！快看照片上的人！」

我看向照片，前排有三人，後排有兩人。再後面則有一面白旗，上面寫著「餺飥」（注），餺飥左邊寫著「武田武士」。

「餺飥是什麼啊？照片看起來像是一間餐廳，不曉得賣的是什麼食物？」我問。

米克斯興奮的打斷我：「那不是重點！」

「難道是武田武士？武田武士不是人，是店名。可是，這五個人怎麼看都不像武士，而是廚師。」

「快看看廚師啊！」

「哪一個廚師？」

「後排左邊那一個！」

「喔！這個人……」我看向照片中後排左邊的廚師……是米克斯的前飼主！而且旁邊站著的就是他的太太！

我轉頭看向米克斯，只見米克斯直盯著照片看。

注：注音為ㄅㄛˊ ㄊㄨㄛ，山梨縣土產，一種用扁平的烏龍麵加上味噌燉煮而成的麵食。

我在三個月前搬到這裡，現在在老婆娘家幫忙，從事料理工作。如您所見，老婆娘家開的是甲州特產餺飥店。為了做出店面特色，除了一般的餺飥之外，從新年起新推出中華餺飥，這是我想出的新菜色。我以前在東京的店面位置，現在開了一家中華料理店，我去了好幾次，請教老闆煮湯和做煎餃的方法，有空請一定要來。

〒：400-0017● 甲府市屋形三丁目＊＊＊

會澤清一•良枝

16

到處都有的三丁目與文字讀法

照片上方，應該說是照片中藍天的部分寫著「恭賀新禧」四個字。

整張明信片超過一半是照片，下面寫著：

「我在三個月前搬到這裡，現在在老婆娘家幫忙，從事料理工作。

如您所見，老婆娘家開的是甲州特產餺飥店。為了做出店面特色，除了一般的餺飥之外，從新年起新推出中華餺飥，這是我想出的新菜色。我以前在東京的店面位置，現在開了一家中華料理店，我去了好幾次，請教老闆煮湯和做煎餃的方法，有空請一定要來。」

接下來是郵遞區號四〇〇接〇〇一七，甲府市屋形三丁目，後面則是詳細的番地。我將完整地址全部記了下來。

可多樂第一次見到我的時候曾說：「日本全國的三丁目多得不得了。」他說得沒錯。

我還知道五金行老闆的姓名叫會澤清一，老闆娘的名字是良木支。兩人的名字並列在地址下方，我不會唸「澤」這個字，所以記住了字的形狀。

明信片上的文章字體很小，內容很長。

我連這個也背了下來。當然，我也將內容告訴了米克斯。

從內容來看，米克斯前飼主回來的原因是為了研發新菜色「中華餺飥」。

我和米克斯邀請特托爾一起回到日野先生家。

我們打算從廚房進去屋裡，所以先繞到庭院，聽見可多樂與大魔頭的說話聲從籬笆另一頭傳來。

「你說得對，我漏了什麼線索。」可多樂說。

「可是，到底是什麼呢？」

「只要知道這一點，事情就簡單多了。」

「確實如此……」

我穿過籬笆下方，走到可多樂身邊，快速的向他報告今天的大發現。

「可多樂，我知道了。米克斯的前飼主叫做ㄏㄨㄟˇㄕㄣˊ˙ㄇㄜㄑㄧㄥㄧ，他的太太叫ㄌㄧˊㄤㄇㄨˋㄓ。因為我看到的只有國字，沒有標注羅馬拼音或注音，不知道正確唸法。他們住在甲府，一同經營餺飥店。餺飥應該是一種食物吧？」

可多樂難得露出驚訝的表情，瞪大雙眼說：「你怎麼知道？」

我將我們外出，到發現米克斯前飼主寄來的賀年卡的來龍去脈，一一說給可多樂聽。

可多樂嘆了一口氣說：「原來如此，是一張照片揭開了真相。我們一直以為五金行老闆住在茨城縣，真是失策啊！先入為主的想法是我們失敗的原因。」接著又說：「過度依賴文字也不好，應該做些調整……」

「不過，我們還是靠賀年卡找到米克斯前飼主的地址，這代表可多樂的策略成功了啊！對了，我找到賀年卡的地方，就是旁邊這位特托爾的家。」接著，我向可多樂和大魔頭介紹特托爾。

我介紹完之後，大魔頭說：

「這麼說，五金行老闆是先搬回自己的故鄉，也就是茨城縣的某個地方。接著，又搬到老闆娘的娘家住。可是，小魯，ㄏㄨㄟˇㄕㄣˊ˙ㄇㄜ ㄑㄧㄥ ㄧ 和太太ㄌㄧㄤˊㄇㄨˋㄓ 這兩個名字會不會太奇怪了？」

於是我坦白的說：「因為姓氏的第二個字太難了，我不會唸，所以才說是ㄏㄨㄟˇㄕㄣˊ˙ㄇㄜ。不過，ㄌㄧㄤˊㄇㄨˋㄓ 這個名字很怪嗎？人類有各式各樣的名字，應該也會有這個名字吧？還是有別的唸法呢？」

接著我在地上寫出「會澤清一」、「良木支」這兩個名字。又在旁邊寫了「甲府市屋形」。

我看著自己寫的字說：「《船舶圖鑑》中記載的屋形船，剛好跟地址的屋形兩個字一樣，所以我想唸法沒錯。」

可多樂說：「『會』在這裡的唸法是ㄏㄨㄟˋ，不是ㄏㄨㄟˇ，第二個字的唸法是ㄗㄜˊ，因此會澤的唸法是ㄏㄨㄟˋㄗㄜˊ。此外，『澤』這個字也可以簡寫成這樣的寫法。」

他接著在地面寫上「沢」，這個字我看得懂。

可多樂又說：「還有，太太的名字是『良枝』，不是『良木支』，唸法是ㄌㄧㄤˊㄓ。」

「這樣啊，原來是ㄏㄨㄟˋㄗㄜˊ和ㄌㄧㄤˊㄓ啊……」我恍然大悟。

我不由得想，這個世界上到底有沒有可多樂不會唸的字？

「話說回來，屋形在哪裡啊？」大魔頭問。

可多樂說：「我不知道屋形三丁目的詳細位置，但甲府是山梨縣的縣政府所在地。山梨縣在東京的西邊，就在東京隔壁。」

「對了，同樣是東京隔壁，從這裡過去東邊的千葉縣很近，走路就能到。阿里就曾經徒步往返好幾次。但位於東京西邊的山梨縣甲府屋形，不知道離這裡有多遠？」大魔頭問。

「我沒有實際測量過，所以不知道詳細數字，我猜應該有一百公里，不，應該比一百公里多吧！」可多樂回答。

「一百公里呀！那還真遠！」大魔頭說。

不過，一百公里對我來說不痛不癢。

因為從我們住的地方到我的故鄉岐阜，直線距離大約三百公里。而從這裡到岐阜的單程距離，已經超過了來回甲府一趟的距離。再說了，甲府是山梨縣政府的所在地，一定有高速公路或鐵路經過。

我常看鐵道圖鑑，所以我很清楚。日本全國從北海道到九州，無法從東京搭乘鐵路到達的縣政府，就只有沖繩縣那霸市。

只要待會兒從日野先生的書房找出《日本全國地圖簿》，仔細調查各種從東京到甲府的移動方式即可。

不是我在吹噓，除了巴士和計程車之外，陸上交通工具我大多坐過。至於船舶方面，我也坐過橫濱的觀光遊覽船。

對了，山梨縣的鐵路是中央本線。雖然磁浮列車還沒開通，但有特急列車「甲斐路號」和「梓號」。

我猜想米克斯對於自己可以見到前飼主會澤清一與良枝，一定感到非常興奮。不過，我可能比他更興奮。

「米克斯，太好了。我們大概什麼時候出發呢？明天？後天？還是現在……開玩笑啦！我隨時都可以喔。」我興奮的說。

但米克斯以出乎意料的冷靜音調說：

「嗯，我想我們不用這麼急，這個月中再出發就好。」

「這個月終？今天才一月二日，不就還要等三十天？」我驚訝的問。

「我說的月中是中間的中，不是月底的意思。因為我還想跟你學完羅馬拼音再出發，不希望學到一半中斷，對羅馬拼音一知半解。」

因為我會跟米克斯一起去，所以我一直覺得即使他看不懂羅馬拼音也沒關係。各位不用擔心，我沒將這個想法告訴任何人。站在米克斯的立場來想，我會陪他一起去，他應該也不用擔心自己看不看得懂字。

米克斯已經看得懂英文字母，不到半天的時間就能學會羅馬拼音。在這種情形下，明天或後天出發都可以……就在我這麼想的時候，米克斯又開口了：

「阿里還沒回來，我想跟阿里好好說一聲。」

我同意米克斯的想法，他接著說：

「就算虎哥和大魔頭可以事後幫我跟阿里解釋，我也想在去甲府之前，和他見一面。」

就在這個時候，我的腦中浮現出以前從未想過的念頭。

我在想，米克斯見到會澤先生之後，很可能受到當時氣氛的影響，決定不回來……

當初我去岐阜時是獨自回來的，米克斯在見過會澤先生之後，很有可能會對我說：

「小魯，很抱歉，你可以一個人回東京嗎？我相信你可以，我打算在這裡生活。」

若是如此，我會覺得很孤單，小雪也不知道該怎麼辦……

有那麼一秒鐘我感到很悲傷，一旁的大魔頭可能看出來了。別看大魔頭一臉凶神惡煞的樣子，他其實很敏感。他對我說：

「小魯，你還好嗎？怎麼看起來不開心的樣子？聽到一百公里就退縮了？這不像你的作風。不用擔心，雖然我不能去，但虎哥應該會一起去。」接著問可多樂：「虎哥，你會去吧？」

「當然，不過不是現在，如果可以等個兩三天會更好。我想花時間多了解一下甲府，如果沒有知識，有趣的事也變得不有趣了。」可多樂說。

對於可多樂的提議，米克斯堅定的拒絕了：

「虎哥，對不起，我希望你不要跟我們去。老實說，我也在猶豫要不要請小魯一起去。但跟小魯一起去，勉強可以算是我們共同行動。如果虎哥也同行，就變成我們跟著你走，我不希望變成這樣。」

「我明白了，米克斯，這一陣子你長大了呢！」可多樂一邊說，一邊頻頻點頭。

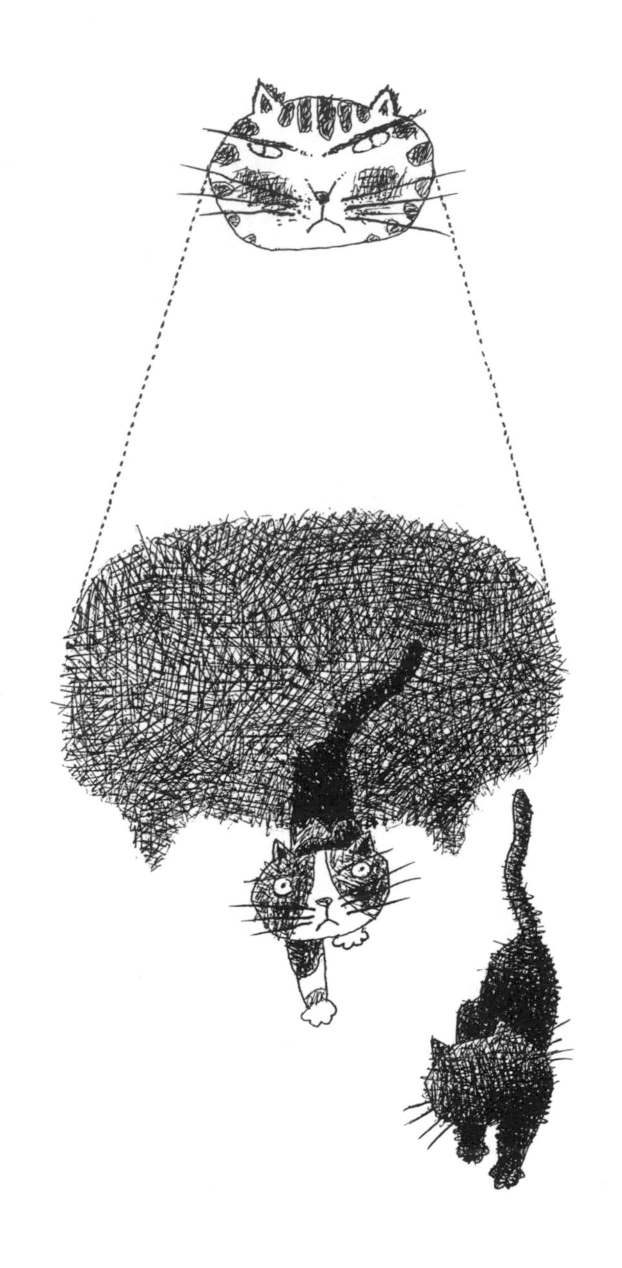

17

下一站到哪裡與三千人鐵炮隊

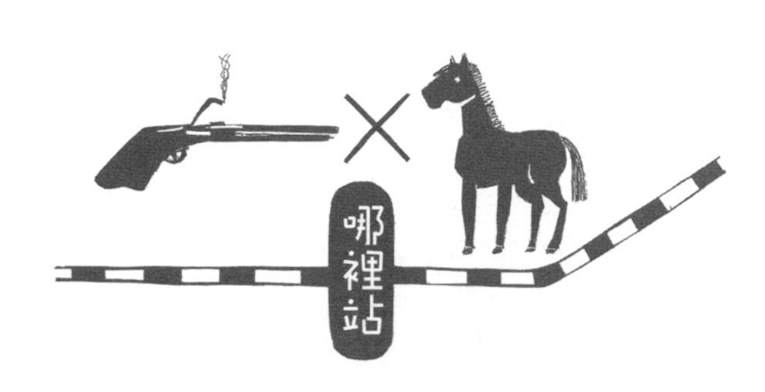

阿里從市川回來的時候，已經是一月中旬了。

我和米克斯等了阿里一個多星期，不過，這段等待時間並沒有浪費，我們做了許多準備工作。

為了去甲府，米克斯努力學習羅馬拼音，已經到了看一眼就懂的程度。而且他也花了許多時間學習和調查與甲府有關的一切事物。

我、可多樂和米克斯趁著白天日野先生不在的時候，在他的書房翻閱《日本全國地圖簿》，查詢從這裡到甲府的路徑，以及甲府市區的道路分布。

雖然查了去甲府的路徑，但我從沒想過要從東京徒步走到甲府，我們要坐火車去。坐火車比較輕鬆，而且安全又快速。之所以先記住東京到甲府的路線，是為了因應途中發生火車停駛，或沒辦法坐火車等情形時準備的備案。

可多樂翻開厚厚的ＪＲ鐵路時刻表，翻到中央本線的頁面，對我們說：

「你們不要從這附近的車站上車，改到總武線的小岩站搭乘上行電車，前往新宿。接著再轉乘中央本線的特急列車，這是最快的方法。因為只要轉乘一次就好。不過，這個方法有個困難點，你們看過電視應該知道，新宿站很大，月臺數也很多，去那裡搭車的人類非常多。可以想像要是在那裡換車，過程會很麻煩。因此，我提議這樣搭車，你們聽聽看。

「你們先搭總武線，從小岩站坐到御茶水站。接著轉乘中央線的快速電車。這裡也有特快列車，搭這個也可以。根據我的調查，轉乘中央線的月臺和你們搭總武線過來的月臺是同一個。而且你們要搭的快速電車也會停新宿站。不過，你們不要在新宿站下車，你們要坐到立川站。電車路線有很多條，有往立川、往高尾、往青梅等，你們要坐的就是這三條其中之一，任何一班車都可以。

「你們坐到立川站後，等一會兒就會有特急列車進入同一個月臺。從小岩站到立川站大約一個小時，特急列車大約三十分鐘後就會到站。從立川站搭車到甲府站，時間差不多也是一個小時出頭。這裡也有停靠站多一點的特急列車，行駛時間也只有一個半小時。總而言之，你們從小岩站上車，在立川站等三十分鐘，若搭到停靠站多一點的特急列車，總計時間只要三小時就夠。如果運氣好，搭到比較快的特急列車，不用兩個半小時就能抵達甲府。你們覺得如何？」

接著可多樂還說了一句：「跳樓大拍賣，先搶先贏！」我聽得一頭霧水，後來才知道，這是店家促銷時的宣傳用語，意思是「這個商品很便宜，買到就算賺到」。可多樂的言下之意是，如果我們覺得他的計畫好，就直接拿去用。

聽完可多樂的提議後，米克斯說：

「你說的我大概都懂。但你剛剛說的停靠站多一點的特急列車，是什麼意思？是開得很慢，讓乘客欣賞風景的列車嗎？」

「不是這個意思，米克斯。這種列車的停靠站比較多，可以讓更多人從不同地方上下車，並不是為了讓乘客看風景。」

可多樂說明完後，米克斯露出不安的表情問：

「你的意思是，不同特急列車的停靠站不一樣嗎？這樣的話，就不知道從立川站出發，要經過幾站才會到甲府站了。」

「不用擔心，車內會有廣播，提醒乘客下一站停靠哪裡。」

可多樂說。

就在這個時候，特托爾剛好來日野先生家玩，他驚訝的看著可多樂問：

「咦？你剛剛說『下一站到哪裡』是什麼意思？『哪裡』是甲府的另一個名字嗎？甲府也跟可多樂一樣，名字可多了嗎？」

我還以為特托爾在開玩笑，但他的眼神很認真。

可多樂嘆了一口氣，對特托爾說：「我說你呀！有哪個車站的名稱會叫做哪裡？下一站到哪裡是指，下一站到八王子、下一站到甲府之類的用法。」接著他對我說：「中央本線和新幹線不同，即使沒在甲府下車，也不會一不小心跑到北海道的函館或九州的博多。最多只會帶你們到長野縣，沒什麼大不了。長野縣在岐阜隔壁，只要你們看得懂文字，就有辦法解決問題。話說回來，光是認識字也不夠，前一陣子失敗的賀年卡作戰計畫讓我深刻反省。學無止境，絕對不能滿足於現狀。」說完，他從書櫃下方拉出一本厚厚的書。

那是一本名為《ＪＲ特急》的圖鑑，可多樂翻到中央本線那一頁，上面有特急列車的照片。

「你們好好記住這輛列車的外型和顏色。長這樣的車就是特急列車，而且一定會停甲府站。總之，你們只要在立川站，搭乘跟這一頁介紹的一模一樣的特急列車就可以了。」

經過可多樂的規畫與說明，從這裡到甲府的移動方式已經不成問題。

接著要討論的是，如何從甲府車站走到屋形三丁目。

如果要我描述如何從岐阜車站走到理惠家，說明起來相當複雜。但是從甲府站到屋形三丁目，只要簡單幾句話就能說明。

「在甲府站下車後，從北口出站。一出車站就往北走，道路盡頭有一間很知名的武田神社。盡頭處左邊那一帶就是屋形三丁目，地址上的番地都是按照順序編制的，只要從神社左轉順著路走，就能找到目的地。簡單來說，走出車站一直到武田神社都不用轉彎，路線很簡單，不識字也能找到。」可多樂說。

以上就是從我們住的地方，抵達甲府市屋形三丁目的方法。整體看來並不難。

我和米克斯都曾經坐電車前往淺草。搭乘重點是上車後，絕對不要與搭車的人類有任何接觸。

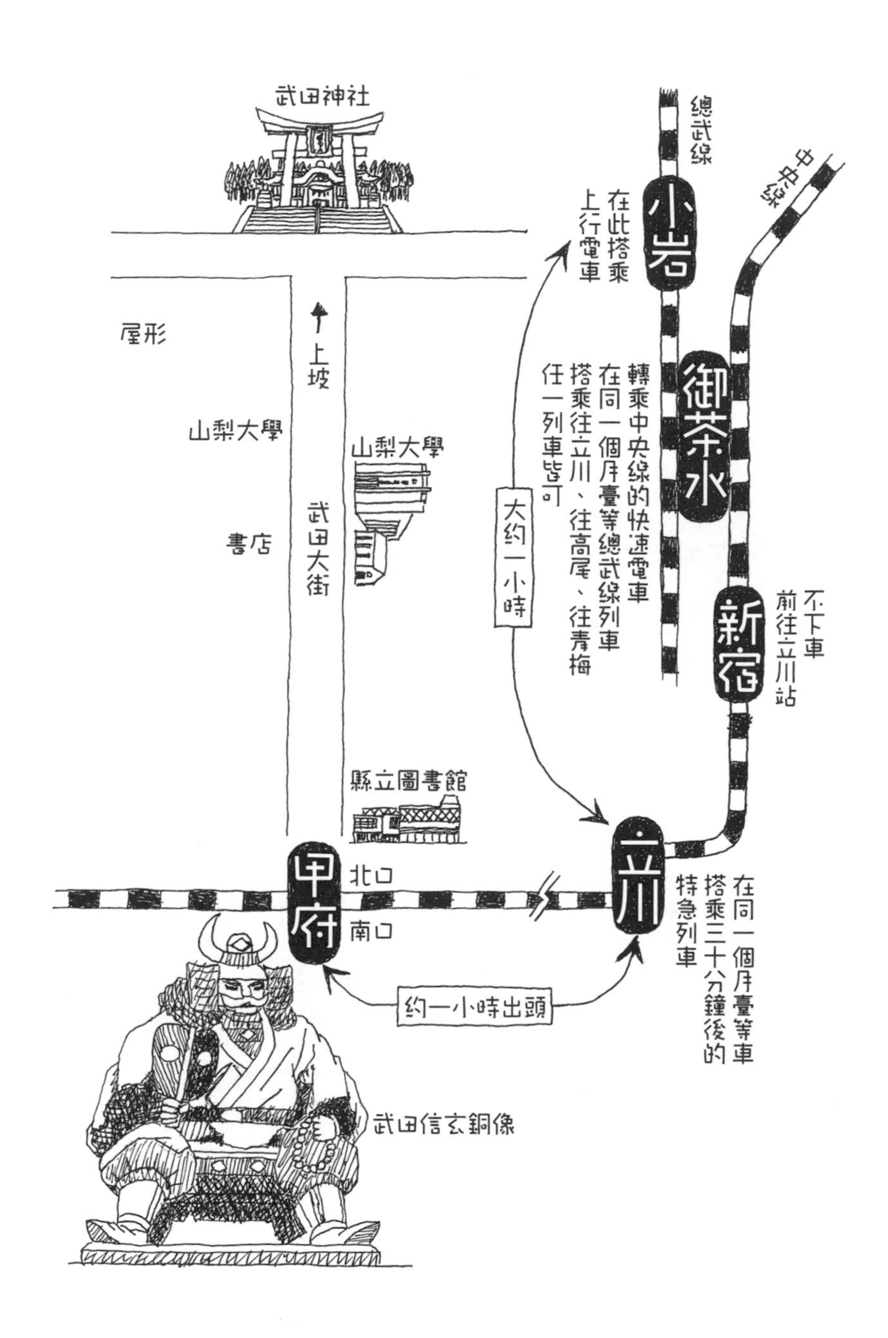
武田神社
總武線
中央線
小岩
在此搭乘
上行電車
屋形
上坡
山梨大學
山梨大學
轉乘中央線的快速電車
在同一個月臺等總武線列車
搭乘往立川、往高尾、往青梅
任一列車皆可
御茶水
新宿
不下車
前往立川站
大約一小時
武田大街
書店
縣立圖書館
甲府
北口
南口
立川
在同一個月臺等車
搭乘三十分鐘後的
特急列車
約一小時出頭
武田信玄銅像

假設車上乘客看到貓，驚呼「車上有貓」之類的話，我們就在下一站下車，再搭下一班電車往前走。

一般人很難在電車裡抓貓，幾乎可以說是不可能。不過，如果有人拿著大網子抓貓，那就另當別論，但我相信應該沒有人會帶一支大網子搭電車。

人類抓不到我們還有一個重要原因。電車司機不可能離開駕駛座，就算車掌看到貓，也不會聯絡司機要求緊急停車。若車掌緊追不捨，我們只要在下一站下車就安全了。

退一萬步來說，假設一隻貓，不，應該說是米克斯和我兩隻貓搭電車被車掌發現，趕緊在下一站下車，也不至於被警車團團圍住，以搭霸王車為由，遭到警察逮捕。電車車掌和警察叔叔沒有那麼閒，他們很忙的！

我們可以放膽去搭車，無須擔心。

話說回來，從這裡到甲府的搭車路線已經確定，但是等阿里回來還要好幾天。在這段期間，每天晚上可多樂都會看各種書籍，隔天再將書中知識說給我和米克斯聽……應該說，我們是在半強迫的狀況之下，聽可多樂演講。

像他曾經這麼說過：

「甲府有一座武將武田信玄的城，叫做甲府城，那座城的遺蹟裡有一間武田神社。雖說是城，但和小魯故鄉的岐阜城不同。甲府城在平地，看起來像一間房子，不像一座城堡。就像武田信玄說的『人即城堡，人即石壘，人即城壕』。簡單來說，比起堅固的城堡，武田信玄更相信家臣。他的家臣個個厲害，包括勇猛的武田二十四將。武田二十四將中最厲害的是，人稱四天王的馬場信春、內藤昌豐、山縣昌景與高坂昌信。還有山本勘助這位軍師……

「對了，小魯故鄉的岐阜城是織田信長的城。說到信長，他是統一天下的武將，可是他最怕的對手就是武田信玄。可惜兩人來不及對戰，信玄就已經過世，無法一決勝負。最後與信長對戰的，是信玄的繼承人，也就是他的第四子武田勝賴。武田勝賴對戰織田信長與德川家康聯軍時，地點就在三河國，也就是現在的愛知縣。這場對決稱為長篠之戰，最後由率領三千人鐵炮隊的信長獲勝。即便是武田自豪的精銳騎兵隊，也贏不了三千名士兵組成的鐵炮隊。有人說信長的三千人鐵炮隊沒有三千人，只有一千名士兵。姑且不論這一點，提到勝賴本人最後的下場……」就這樣一直說下去，沒完沒了。

直到「可多樂講古時間」好不容易結束，米克斯問：

「你說的那些都是幾百年前的事情，現在又怎麼樣呢？甲府是什麼樣的城市？」

「關於這一點，就等你們親自去了解了。所謂『百聞不如一見』。」可多樂說得很有道理。

我聽過「百聞不如一見」這句諺語，意思是與其聽別人說一百遍，不如自己親眼看一次。

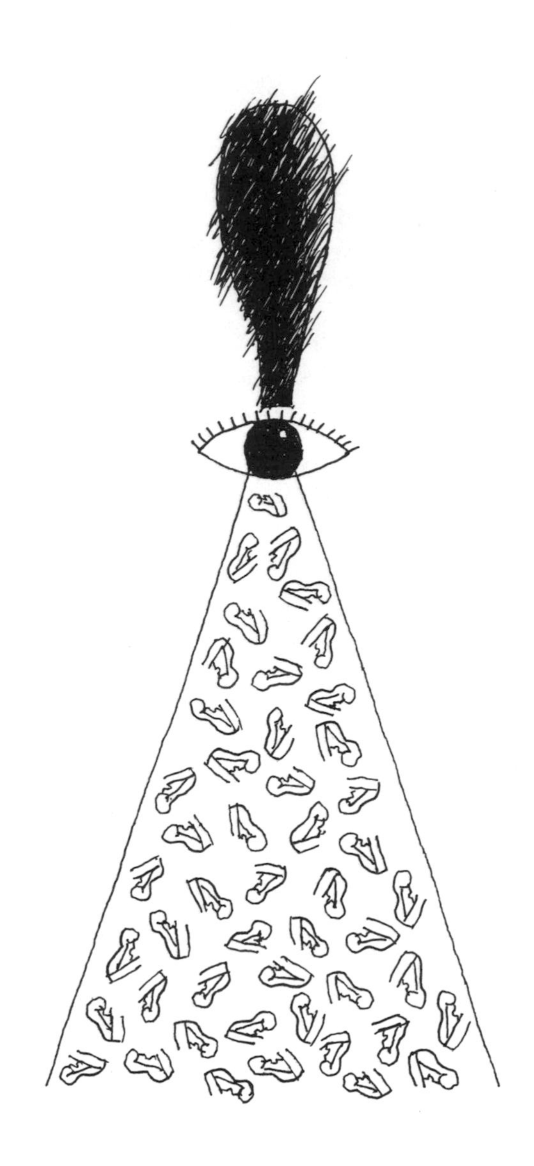

18

正確的施展超級勒頸技、理論和實踐與參加派對的玩法

阿里從市川回來的當天晚上，大夥兒在小川家的庭院裡開派對，派對名稱是「阿里，歡迎回家！米克斯與魯道夫，祝你們一路順風」。

派對主辦者是大魔頭，參加者除了阿里、米克斯和我之外，還有可多樂、小雪、白雪公主以及特托爾。

特托爾是我邀請的，白雪公主剛好在開派對前兩天就住

在日野先生家。按照慣例，她遭受到洗潤梳三重攻擊……喔，不對，是享受到洗潤梳ＳＰＡ服務。那一天，米克斯也乖乖接受幫傭婆婆使出的洗潤梳三重攻擊。

正巧那天大魔頭的晚餐是牛排，大家都享受到美味的食物。雖然大魔頭的晚餐很豪華，但大家一起分食，各自吃到的量其實很少，但誰都沒有抱怨這件事。

吃完牛排後，大家唱歌的唱歌，跳舞的跳舞，隨心所欲的擺動身體。我想不只是小川先生家和日野先生家，附近鄰居應該也覺得很吵吧！

跳完舞之後，可多樂開始主持「正確的施展超級勒頸技、理論和實踐」講習課程。我對這場講習沒什麼興趣，所以只是隨便聽聽。但米克斯不僅認真聆聽，還下場與可多樂實際演練超級勒頸技。可多樂講解重點：

「技巧本身沒什麼問題，重點在於施展的位置。當對方不只一隻貓的時候，為了避免被其他同夥包圍，最好以大樹或圍牆這類障礙物掩護自己的背部。」

我覺得可多樂說得很對，但打架時不可能每次都能找到對自己有利的位置。

夜越來越深，派對也即將進入尾聲。大魔頭突然聞到一股味道，不禁提高警戒。

下一秒，小川先生與日野先生家庭院交接處的籬笆，傳來窸窣聲，聽起來像是風吹動樹枝的聲音。

日野先生家的庭院和小川先生家，也就是大魔頭家的庭院都開著燈，四周十分明亮。

大魔頭定睛一看，發現有什麼動物站在小川先生家的籬笆裡。換句話說，對方已經跳過籬笆，進來小川先生家的庭院。

入侵者是一隻狗，他有著杜賓犬的身體加上鬥牛犬的頭。他就是在日野先生家幫傭的婆婆養的狗，名字叫做……

我想起來了，我之前忘記問他的名字了……就在這個時候，可多樂出聲呼喚那隻長腳鬥牛犬：

「嗨，ＬＬ，你怎麼這麼晚才來？」

ＬＬ回答：「就算你這樣講我也不可能早點來，只有這個時間才能溜出來，我也沒辦法啊！婆婆還沒睡的話，我不敢亂跑。

我已經很久沒有出門了，剛剛過來的途中，和三位下班回家的上班族擦身而過。他們看到我，還嚇了一大跳。」

ＬＬ指的是比Ｌ還大，特大號的意思。幫傭婆婆的狗確實很大隻，但還不到特大號的程度。

我問身旁的米克斯：「ＬＬ是誰？是那隻狗的名字嗎？」

米克斯說：「是啊，正式名字好像是Long Leg。這是日野先生取的英文名字，意思是長腿仔。ＬＬ應該是Long Leg的首字母縮寫。我不只看得懂ＬＬ，還會寫喔！」

米克斯立刻伸出前腳，在地面寫下兩個Ｌ。他寫的Ｌ看起來不太像英文字母，比較像注音的ㄙ。

我對米克斯說：「哇，你好厲害！」

姑且不論米克斯會不會寫英文字母。仔細想想，幫傭婆婆的寵物狗真的跳得很高，他可以輕鬆跳過婆婆家庭院的木門。說到這裡，我記得這隻狗，也就是ＬＬ之前曾經說：「說真的，我如果想出去，隨時都能出去。」

ＬＬ對米克斯說：「謝謝你邀請我來。」接著他看到阿里，又跟阿里說：「喲，阿里，你回來啦！」

ＬＬ只先這樣打了招呼，不一會兒，派對即將結束時，他又說：「今晚很開心，下次如果還有派對，請一定要叫我來。」

說完便跳出小川先生家的圍牆，回家去了。

我看著ＬＬ跳過的圍牆上方，疑惑的說：

「他只來這麼一會兒，真的感到開心嗎？他剛剛幾乎沒有和大家說話。」

「每個人參加派對的玩法都不一樣。」可多樂回我。

第二天早上，我和米克斯出發，前往甲府。

之前說過，我曾經搭乘過許多交通工具，經驗豐富。

趁著天色昏暗的時候，我們從小岩站搭上ＪＲ總武線列車，轉乘中央本線，在甲府站下車後，從北口出站。我們一路上相當順利，沒被站務員、乘客或車掌追趕。按照可多樂規劃的路線搭車，無論是坐到御茶水或立川，車廂都很空。

相較之下，從立川搭乘特急列車的乘客較多，但車廂裡還是有空位。車掌巡視車廂時，我與米克斯就躲在椅子下面，其他時間則坐在椅子上。雖然有幾名乘客看到我們，他們最多也只是低聲的說：「欸，有貓耶……」沒有向車掌通報。

以下純粹是我自己的猜想，那些看到我和米克斯的乘客，一定以為是車裡其他乘客帶我們進

來的，坐定後就把我們從籠子裡放出來，讓我們坐在椅子上。

總之一切順利，早上八點半我和米克斯已經走出甲府站的北口。前後大約兩小時半的鐵道旅程，就這樣平安落幕。

之前我回去岐阜時，經歷了重重困難，偷搭便車，又遇到車子拋錨，有時還要走路，甚至挨餓，抵達岐阜的時候早已累得不成貓形。不過，我也因此寫了一本書。與那次的旅程相較，這次簡直是愉快的野餐之旅。雖然內心仍然有些緊張，除此之外都很輕鬆。

早上我們離開日野先生家之前，早餐吃得很飽。所以抵達甲府站時肚子一點都不餓，反而因為一路坐車沒活動，感覺有點消化不良。

無論是搭乘總武線每站都停的電車、中央線的快速電車或特急列車，我和米克斯幾乎都沒有交談。保持安靜低調，比較不會引起別人的注意。而且我覺得米克斯好像在想什麼，一副若有所思的樣子。他如果有話要告訴我，一定會跟我說，所以我決定除非他主動找我，否則我不會找他說話。

早上的甲府站人潮很多，

今天天氣很晴朗，不過溫度很低。

我們走出剪票口，從天橋往北走。天橋的右邊有一棟玻璃帷幕大樓，那是「山梨縣立圖書館」，符合《日本全國地圖簿》裡標示的相對位置。這代表我們走對方向了。

我們下了天橋，直接朝武田神社走去。

19

突然現身的三隻貓與惜臉如金的米克斯

我們走在雙線道左側的步道上，走著走著，看見前方有一個大大的道路標誌，那是與山手路交叉的十字路口。右邊寫著「山梨、石和」，左邊寫著「韮崎、昇仙峽」，直走則是「積翠寺、武田神社」。

從道路標誌來看，走這條路準沒錯。路上汽車不多，巴士從我們後方往前開去。

不久，我們走上和緩的上

坡路，遇到一間書店。

再往前走一會兒，道路兩側都是山梨大學校區。我們經過大學前面時，之前一直沒說話的米克斯突然小聲的說：

「我們被盯上了……」

「什麼？」我正想回頭看，米克斯阻止我：「不要看，看了對方就知道我們發現他們了。」

我按捺住想回頭看的衝動，問米克斯：

「是貓還是狗？」

「是貓。」

「什麼樣的貓？」

「什麼樣的貓？一隻條紋貓、一隻雙色

貓，還有一隻棕色貓。」

「有三隻啊？」我驚訝的問。

「是啊！」

「你的感覺真敏銳。」

「是你太遲鈍了，你一直在注意圖書館、書店還有學校，其他事情都不管。」米克斯說。

「才沒有這回事呢！」雖然嘴硬反駁，但我真的是這樣。

我們繼續走著，我轉頭問米克斯：「現在怎麼辦？」

「我想過不久，他們應該會來跟我們搭話。」

「武田神社就在前面，在神社往左轉，就會遇到你的前飼主會澤先生工作的店，要跑到那裡嗎？」

米克斯的位置比較靠近車道，我走在他的另一邊。

米克斯直盯著前方，對我說：

「跑到店門口之後，你打算怎麼辦？難道要在店門前大吼大叫，讓店裡的人出來，幫我們把他們趕走？我們來這裡是有目的的。」

「但我們也不是來打架的，不是嗎？」

「你說得沒錯。算了，我想等一下他們會來打招呼的。」

我很清楚這種情況下的打招呼，絕對不是「早安」，也不是「你好」。

根據地區標示，剛剛是武田四丁目，現在已進入屋形二丁目。

我發現跟在我們後面的三隻貓加快了腳步。

條紋貓悄悄走到我的左邊，他的身形大小和我們差不多。棕色貓走在米克斯的右邊，另一隻貓走在我們後面。

走在米克斯右邊的棕色貓，看著米克斯說：

「我不知道你們是從哪裡來的，不過現在做新年參拜未免也太晚了。」

米克斯一直看著前方，默默走著。我也靠在米克斯旁邊，默默走著。

棕色貓說：「喂，不說話啊！是怕到不敢說話嗎？」

米克斯眼睛盯著前方，開口說：

「真是抱歉，跟你們這種鄉下貓沒什麼好說的。你們這樣跟著我們真的很煩，可以請你們離遠一點嗎？臭死了。」

「你說什麼？」棕色貓停下腳步。

容我先說明一下，這三隻貓並不臭。

米克斯不理他們，繼續往前走。我也一直走在米克斯身邊，他看來面無表情，但我早已緊張到心臟怦怦跳。

在我左邊的條紋貓加快腳步，走到我們前面，轉過身來盯著我們，接著打開兩隻前腳，擋住我們的去向。

米克斯走在車道上，越過條紋貓的身邊。

我也打算從條紋貓的右邊走過去，沒想到他的動作比我快，直接堵住我的去路。
原本在我們後面的雙色貓也跑到我們前面。雙色貓是三隻貓中體型最大的，但其實他們三隻的身材大小都差不多。三隻貓並排擋在步道上，米克斯從車道走回步道並停下腳步。
我走到米克斯旁邊停下來。
站在正中間的那隻貓是原本在我們身後的雙色貓。米克斯的斑點是白底黑斑，這隻雙色貓則是白底棕斑。
「請你們讓開。」米克斯說。
「你竟然要我們讓開？」站在中間的雙色貓說，接著他看了一下左右兩邊的同伴，問他們：「你們想讓開嗎？」

左右兩隻貓同時回答：
「怎麼可能！」
「完全不想。」
雙色貓對米克斯說：「他們都跟我一樣，不想讓開。」接著對我說：「咦？這位小朋友，你希望我們讓開嗎？」
我剛到東京的時候確實是個小毛頭，但是現在我已經不是小孩子了。
我靜靜瞪著雙色貓的臉。
棕色貓動了動鼻子，對雙色貓說：「他們兩個不知道是哪裡來的寵

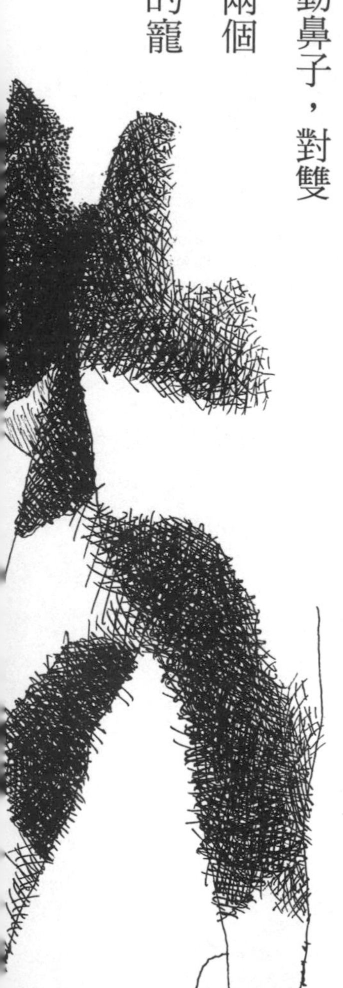

物貓，身上有洗過澡的味道。」

米克斯說：「真是抱歉，我不是寵物貓。你們才是寵物貓吧？一隻比一隻胖，身上都是贅肉。醜話說在前頭，我們跟你們這種鄉下貓不一樣。我們雖然是流浪貓，但也是會洗澡的。」

既然是對方先找我們麻煩，說一些狠話嚇嚇他們也是應該，但米克斯說得太過火，對方絕對會反擊。

「你說什麼？」雙色貓往前踏出半步，生氣的看著我們。

米克斯說：「你真的要打架嗎？我們後面沒人耶！我跟身邊的好麻吉沒有別的優點，就是跑得快。你們再不想辦法，我們可要溜掉嘍。」

首先我要說，米克斯提到好麻吉時，我不知道他說的是我。過了一會兒，我才恍然大悟。可是，好麻吉是什麼意思呢？可能是好朋友的意思吧！

不過，現在不是跟米克斯確認「好麻吉是不是好朋友意思」的時候。我更在意的是，我無法確定米克斯是不是真的想開溜。

老實說，我認為溜之大吉也是好方法，但是以米克斯的個性，他應該不會逃跑。

沒想到，下一秒卻發生了出乎意料的事情。

米克斯冷不防的轉身，拔腿就跑。我感到驚訝，同時又鬆了一口氣，跟在他後面跑。

不過，米克斯只跑了幾公尺就停下來，轉身看向那三隻貓。那三隻貓依舊站在原地，並沒有追我們。

米克斯看到這樣的情形，說了一句：「我就知道。」於是又朝三隻貓走去。

現在到底是什麼狀況？

我跟在米克斯後面，走回那三隻貓面前。

米克斯走到雙色貓的旁邊，對他說：

「看來你們原本就不打算追我們，對吧？對你們來說，最理想的狀況就是把我們趕跑，可是，老子絕對不會讓你們如願。你們這些笨蛋！我們要到前面辦事情，不把事情辦完，我們是不會回去的。不然我們就像鬼故事《皿屋敷》裡的阿菊一樣，纏著你們不放。算了，像你們這種鄉下貓，跟你們講《皿屋敷》，你們也聽不懂。不懂也沒關係，讓開，別擋路。」

以前在五金行當寵物貓的時候，米克斯絕對不會這麼說話，就連現在，我也沒聽過他用「老子」這種粗魯詞彙。我花了幾秒思考，才知道他說的老子是他自己，而皿屋敷指的是亡靈阿菊從井裡出來數盤子的鬼故事。

相傳阿菊主人家的傳家之寶，是十個一組的金盤子。有一天，阿菊不小心打破一個金盤子。結果被主人殺掉，丟入井裡。

含恨而亡的阿菊變成鬼，從井裡跑出來數盤子：「一個、兩個、三個……」由於怎麼數都少一個盤子，因此阿菊一直留在人間。這個鬼故事在各地都有不同版本，不過結局是後來有一名和尚超渡了阿菊，讓她離開人間。

這種時候我竟然分心在想鬼故事，真是太糟糕了！不過，這也是我的個性，實在改不了。

我猜想，就算米克斯大吼「給我讓開」，對方也不可能讓路。結果果然和我想的一樣。

那三隻貓完全不為所動，但也沒有反嗆回來，應該說，他們不知道該說什麼。從他們的反應可以看出，米克斯說中了他們的想法。

這三隻貓最希望我們自己跑掉，代表他們成功將陌生貓咪趕出自己的地盤。

雙色貓靜靜盯著米克斯看，接著緩緩開口：

「你這傢伙膽子很大，既然你都這麼說了，我也沒辦法。跟我去那邊露個臉。」

「跟你去露臉？我的臉可不出借。我不可能把臉借給你，因為臉跟身體是連在一起的。」米克斯說。

雙色貓眼看米克斯不就範，決定出言恐嚇：

「你要逃就趁現在，若是不跟我走，你的小命就不保！」

「我的小命不保？別說笑了。不用你們這些傢伙來保我的命，本大爺的命，本大爺自己保！別擔心那些無聊的事情，你這個混蛋雙色貓，快帶路吧！」

明明米克斯自己也是雙色貓，卻這樣罵對方，聽起來真是有些諷刺。

米克斯剛剛說話好粗魯，又是傢伙、老子，又是本大爺的。認識可多樂之後，我才知道江湖上有這麼多說法，一般人常用傢伙來講別人，老子和本大爺則是指自己。

三隻貓朝武田神社走，我和米克斯隔著一段距離，跟著三隻貓走。

不知不覺中，上坡路越來越陡，越走越累。

20

米克斯的超級勒頸技與魔鬼也想得到的戰略

沒多久，我們前方出現一座很大的鳥居。

三隻貓不時輪流回頭，確認我和米克斯是否乖乖的跟著他們走。

米克斯一邊走，一邊小聲的跟我說：

「我猜他們的老大一定在哪裡等我們，只要制伏老大，剩下的就是這三隻沒用的小嘍囉，我一個人可以應付他們。

道路盡頭的武田神社前有兩條路，分別往左和往右轉，你往哪邊跑都可以，看準時機趕快跑。」

就算米克斯叫我趕快跑，我也不可能拋下他。不過，現在不是爭辯的時候，我什麼話也沒說，安靜的往前走。

武田神社就在眼前，道路盡頭分成左右兩條路，跟米克斯剛剛說的一樣，也符合我們之前查地圖得到的結果。

鳥居前有一座階梯，再過去有一座橋。雖然不大，但左右兩邊設置了紅色拱形欄杆。

米克斯在橋前面停下來往左看，左邊角落有一間禮品店，隔幾棟建築物的對面，有一間不大的餐廳，雖然外面沒有立著旗子，但可以肯定是賀年卡照片裡的那間店。

店面大門緊閉，還沒到營業時間。

米克斯看著我，用眼神示意我「餐廳就在那裡」。

我對他點點頭。

「那我先走嘍！」米克斯說完便快步跑向三隻貓，大聲對他們說：

「你們也走太慢了吧！鄉下貓都走這麼慢嗎？真是麻煩，走快點。」

三隻貓走上階梯，米克斯也混進他們之間，一起走上階梯。

我也跟著跑上階梯，跑到米克斯旁邊。

米克斯看我跟上來，他不發一語。三隻貓在神社前面往左轉，我們穿過一片小小的樹林，來到一塊空地。

空地正中間有一隻淡棕色的貓。與其說是棕色，應該說比較接近紅色。身軀龐大，但沒有比可多樂大。

當我們走到離他十步的距離時，他說話了：

「喲，昌豐，客人說什麼都想見我嗎？」

帶我們來的雙色貓回答他：「是的，御屋形大人。」

這位被尊稱為「御屋形大人」的紅貓對米克斯說：

「根據探子的回報，你們沒打算逃跑。膽子很大，這一點我要肯定你們。」

如果有探子回報，代表除了這三隻貓之外，還有別的貓在其他地方監視，在我們來到這裡之前，就先回報給他們的老大。我們沒看到探子貓，應該是躲在隱密處，這代表附近還有其他貓……我有一種不祥的預感。

「你們叫什麼名字？」紅貓問。

「跟你們這些山賊有什麼好報上名號的？」米克斯回他。

「是嗎？既然要送你到冥土，就送你一個土產吧！讓你知道是死在誰的手上……」接著以宏亮的聲音報出他自己的名字：

「我是武田信玄。」

「冥土的土產」是日本俗語，冥土是死後的世界，意指帶去黃泉的禮物，引申為「人死前快樂的回憶」之意。

紅貓報上名號後，我嚇了一大跳。武田信玄不就是戰國時代的知名諸侯嗎？這個神社就是武田信玄的神社。

我和米克斯聽可多樂講了許多武田信玄的故事。我記得他說過武田二十四將，還有四天王等等。話說回來，這位名為武田信玄的紅貓，叫剛剛那隻雙色貓為「昌豐」，那不就是四天王之一的內藤昌豐嗎？

該不會二十四減掉三，這附近還有二十一隻貓家臣吧？我心中感到強烈不安。

正當我這麼想的時候，紅貓的手下們從樹林後方一一走了出來。不只是樹林後面，還有許多貓從粗壯的樹枝上咚咚咚的跳下來，朝我們走來。

我沒數到底有多少隻貓，但應該有二十隻。

對方的貓家臣把我們團團圍住，接著逐漸縮小包圍圈。

「你們有什麼遺言要說的嗎？」那隻自稱武田信玄的紅貓問。

米克斯回答：「我的遺言將成為你的冥土土產。」

我對米克斯說：「既然對方報上名號，我們也該說一下自己的名字。」

於是我對紅貓說：「我叫魯道夫。」

「什麼？你說你叫油豆腐？這裡的名產美食不是油豆腐，是

餺飥。」

聽到自稱武田信玄的紅貓這樣說，我不禁怒火中燒。

之前我很害怕遇到不好的事情，所以一直隱忍，但他竟然說我叫油豆腐，是可忍，孰不可忍！

魯道夫這個名字是我活到這麼大，經歷過許多事情的證明，怎麼可以任由他取笑成油豆腐！

我忍不住往前走一步，而米克斯對紅貓信玄說：

「喔，對了。你們可能已經準備好要大幹一場，但我們還沒有任何準備，先讓我們磨磨爪子吧！」說完便走到空地旁邊的一棵大樹前。

雖然我很疑惑，覺得現在不該是磨爪子的時候，但還是跟著米克斯走過去。

紅貓信玄的貓家臣形成的包圍圈，也跟著我們移動。

我們走到大樹旁邊，米克斯做出伸懶腰的動作，將兩隻前腳放在樹幹上。

雙色貓昌豐離開包圍圈，朝我們走過來說：

「你們在幹什麼？神社的樹不可以用來磨爪子！」話一說完，他就要從背後撲上來攻擊米克斯。我猜，這就是米克斯的作戰計畫。

只見米克斯立刻跳到昌豐的背後，而原本打算跳到米克斯身上的雙色貓昌豐，呈現上半身往前傾的姿勢，米克斯見狀，立刻撲了上去。同時利用撲上去的力道，順勢收緊勒住雙色貓昌豐脖子的兩隻前腳。

好戲上場！米克斯使出超級勒頸技了！

他的背後是一棵大樹，不用擔心其他貓家臣從後面攻擊。

我跳到米克斯前面，大聲的說：

「你們誰要先上？儘管放馬過來！不過，一定要在三分鐘內打敗我。若是超過三分鐘，我的好麻吉就會勒緊那個昌豐的脖子，送他去冥土了。」

「呃……」雙色貓昌豐垂死掙扎的呻吟聲從後面傳了過來。

米克斯的超級勒頸技開始發揮效果了。

如果紅貓信玄選擇在這個時候退兵，那米克斯的作戰計畫就成功了。

我和米克斯都不是來搶奪紅貓信玄的地盤，只能找機會好好跟他解釋清楚，想辦法平息紛爭。

雖然這不是魔鬼也想不到的計謀，但這個策略可以充分發揮米克斯超級勒頸技的效果。

紅貓信玄不知道什麼時候走近我們身邊，我在等他開口跟我們和談。

米克斯的背抵著樹幹，兩隻前腳緊緊勒住雙色貓昌豐的脖子。雙色貓昌豐露出肚子，我偷偷瞄了他一眼，發現他已經開始口吐白沫了。

紅貓信玄一定也看到了這一幕，但是他的嘴角露出詭異的笑容，開口對我說：

「真是有意思，你就試試看吧！我方陣營光是主要家臣就有二十四隻，少一隻也無所謂。昌豐到了冥土，可以遞補他位置的貓家臣要多少有多少。不過，他這個死法必須經歷漫長的痛苦，真是可憐。喂，油豆腐，叫你的兄弟動作快一點。我會一直在這邊等他動手完畢。」

話說完後，紅貓信玄直接坐下來，伸出右前腳洗臉。

紅貓信玄說的話讓我大感震驚，帶我們來的三隻貓之一的條紋貓也驚訝的說：

「御屋形大人，請您三思啊……」

他說到這裡便閉上了嘴，但眼睛一直瞪著紅貓信玄。

我雖然沒有出聲，但一直用眼神詢問米克斯「該怎麼辦」。

米克斯不發一語，繼續勒住雙色貓昌豐的脖子。

雙色貓昌豐的肩膀垂了下來，再這樣下去，他真的會死掉。正當我這麼想的時候，米克斯鬆開了勒住雙色貓昌豐脖子的兩隻前腳。

「算了，不能在神社裡殺貓。」米克斯喃喃自語。接著對我說：「小魯，事情變成這樣真是抱歉。」

紅貓信玄停止洗臉，起身對我說：

「你如果有話要對那個天真的傢伙說，現在就說吧！」

「我沒有什麼話要對他說，但我有話對你說。我相信你是這一帶的老大，不過，我認為對自己同伴見死不救的貓，沒資格當老大。」

「你想說的就是這些嗎？」紅貓信玄說完便往前踏出一步。

其他貓家臣也配合主公的動作，縮小包圍圈。

紅貓信玄往前踏一步，其他貓家臣也跟著往前踏三步。

在對方步步緊逼之下，我、米克斯、大樹和暈倒在一邊的雙色貓昌豐，被紅貓信玄和他的貓家臣三百六十度團團圍住，雙方距離只有一公尺。

紅貓信玄大喊：「給我上！」

我和米克斯立刻擺出作戰姿勢，貓家臣們的拳頭一齊向我們揮過來。

沒想到就在這一刻，貓家臣們的背後傳來哀號的聲音。

「咕啊呃！」

所有貓家臣往聲音的方向看去。

被圍在裡面的我們也從貓家臣包圍圈的縫隙看過去，發現紅貓信玄倒在地上。他身邊站著一隻體型龐大的虎斑貓！

家臣中有貓大喊：「你是誰？」

這隻體型龐大的虎斑貓先是喃喃自語：「你是說我嗎？」接著說：

「我的名字叫可多樂！」

21

魔鬼也想不到的胡扯與「米克斯，再見……」後接的話

我和米克斯被紅貓信玄的貓家臣團團圍住，不知道包圍圈外面發生了什麼事。

我們只知道有貓發出哀號，還看到可多樂，而紅貓信玄就躺在他的腳邊。

「我的名字叫可多樂！」

這樣報上名號隆重登場的畫面，真的好帥。但更重要的是，可多樂的出現讓我鬆了一口氣。

接著可多樂又做了什麼事呢？讓我一一說給你聽吧！

可多樂目光銳利的環顧四周的貓家臣，低聲吼著：

「讓開！」

貓家臣往左右兩邊退開，其中一隻站在我們左手邊的淺棕色貓咪還稍微抖了一下身體。

可多樂瞪著那隻貓，以低沉威嚴的語氣喝斥：

「那邊那隻金毛的！不要亂動！」

那隻貓一聽到可多樂的威嚇，嚇得完全不敢動。右邊那一堆貓家臣中，有一隻灰底白斑的雙色貓朝神社跑過去。

「真是不聽勸的傢伙。」可多樂低聲說完，先是慢慢走幾步，接著全力衝刺追逐那隻貓。

可多樂很快就縮短他們之間的差距。原以為那隻貓沒機會了，沒想到他立刻跳上一棵大樹，沿著樹幹往上爬。

可多樂也跟著爬上樹幹。灰底白斑貓的前腳已經爬到比人類身高高出一倍的枝頭，但這是他最後的掙扎，因為可多樂早已跳上比灰底白斑貓還高的樹枝，再從上面往下跳。

雖然我跟可多樂相處時間很久，但我從來沒看過他這麼猛。

可多樂一屁股坐在對方的背上，用後腳纏住對方的脖子。通常人類騎馬時，馬和人都是朝著相同方向，可多樂現在的樣子，就像人類背對著馬頭騎馬。若從體型來看，騎在馬上的人類，體型比馬小很多；然而，灰底白斑貓的體型遠比騎在他身上的可多樂小上許多。看起來很像大人硬擠進兒童椅一般，這樣的姿勢無法維持平衡，於是可多樂從樹上掉了下來。

被壓在下面的灰底白斑貓倒栽蔥似的著地，整張臉重重的撞在地上。

要是在落地前，可多樂沒先鬆手跳開，灰底白斑貓可能早已摔斷脖子。

這段過程寫成文字，可以寫出好幾百字，但事實上，前後不過幾秒鐘的時間而已。

灰底白斑貓掉下來之後暈了過去，可多樂將他留在原地，走了回來。他再次環顧在場所有的貓家臣，出言恐嚇：

「剛剛那傢伙只要靜養一個月，脖子就能自由活動了。但接下來如果還有不識相的傢伙敢造次，今天就是他能自由活動的最後一天！」

只見在場所有的貓家臣嚇到不敢動彈，就像擺飾一樣釘在那裡動也不動。

「一、二、三……」可多樂看著每一隻貓家臣數著數，應該是要確認這裡總共有幾隻貓。

數完後，可多樂自顧自的說：「加上睡著的三隻，總共二十五隻。果真是信玄與二十四將。」接著，他走到癱在一邊的紅貓信玄身邊，用前腳踢他的頭。

「呃、呃、呃……」紅貓信玄一邊呻吟一邊抬起頭，搖搖晃晃的站起來。

可多樂對他說：

「你這是哪門子的武田信玄？武田信玄是戰國數一數二的諸侯，他要是活久一點，說不定就統一天下了。你跟他正好相反，你是最糟糕的貓。竟敢命令自己的嘍囉，將闖入地盤的貓帶過來威脅，這根本是鄉下山賊的做法，沒資格冠上戰國諸侯的名號！

「一發現有貓闖入你的地盤，你就要出手趕走對方。你叫手下把他們兩個帶過來，還不敢靠近他們。要是你敢走近一點，剛剛被勒暈的就不是你的手下雙色貓，而是你這個卑鄙傢伙！哼，到這裡你充其量也只能算是膽小鬼。我這麼說不是在稱讚你，但你也說不上是最下下下下等的混帳。重點是你後來的態度。你這傢伙，竟然眼睜睜看著自己的手下被攻擊，還見死不救！我有說錯嗎？」

被可多樂無情訓斥的紅貓信玄低著頭，耳朵下垂，乖乖聽訓。

可多樂又說：

「我猜你是哪戶人家的寵物貓吧？從今以後我要你乖乖待在家裡，你聽話就能保命。從現在這一刻起，你的島嶼就是我的了！你的名號武田信玄，我收下了。我的名字叫可多樂，意思是我有很多名字。為什麼我有這麼多名字呢？我來告訴你吧！就是因為有太多像你這種扛不起顯赫名字的貓，我實在看不下去，就拿走他們的名字。久而久之，我就有了很多名字。我說過了，你這傢伙扛不起武田信玄的名字。從今天起，你的島嶼和名字都是我的。懂了嗎？」

可多樂說的島嶼不是石垣島，也不是宮古島，而是地盤的意思。此外，可多樂之所以有這麼多名字，不是從別人那裡搶來的，是他在當流浪貓的時候，在不同地方，不同人給他取了不同名字而已。

沒想到可多樂在這種時候，還能想出這樣連魔鬼也想不到的胡扯，我真的很佩服。

言歸正傳，紅貓信玄聽完後回答：「我，我知道了……」

「知道就快滾！」可多樂對他說。

紅貓垂頭喪氣的走向樹林的另一邊。

等到看不見紅貓身影後，可多樂對著帶我和米克斯過來的三隻貓其中之一，也就是條紋貓說：

「喂！那邊的條紋貓。剛剛你的夥伴差點被那傢伙切割，見死不救時，你曾說了幾句話，你叫什麼名字？」

「我叫勘助。」

「喔？所以你是軍師山本勘助嘍！你比其他傢伙有勇氣多了，我剛拿到的島嶼就交給你。從今天起，這座島嶼是你的了。」

可多樂說完後，看著四周的貓家臣，對他們說：

「事情就這麼決定了，各位有什麼問題嗎？如果沒有，那就去把你們今天看到的、聽到的事情，一五一十的告訴這附近所有的貓。」

在場的貓家臣一起點頭，表示同意可多樂今天的決定。

最後，可多樂大聲宣布：「勘助留下來，其他人就散了，去找其他的貓說說今天的事情。」

除了條紋貓勘助與暈倒在地的兩隻貓之外，其他貓家臣紛紛離開。

直到這一刻，可多樂才看向我們。他對米克斯說：

「嘿，米克斯，我可不是跟你一起來的。雖然我們搭的是同一輛電車，但車廂不同。而且我是搭特急列車的高級綠色車廂，也和你們不一樣。」

接著又對我說：

「小魯，難得有機會來甲府，現在時間還很多，我們到處走走看看再回家吧！大概傍晚回去，坐在特急列車的窗邊座位眺望夜景，別有一番風味。我想回去之前，新老大勘助一定會很願意帶我們四處參觀。」

可多樂不等勘助回答，就轉身看著神社的方向對我說：

「小魯，這座神社有小石。你知道日本國歌裡有一句歌詞是『直到小石變巨岩』嗎？就是歌詞裡提到的小石。我們從這裡開始看起吧！」說完便往神社走去。

我走到可多樂身邊小聲的說：「米克斯呢？米克斯怎麼辦？」

「不用管他，你跟我走。他的事他自己決定。」可多樂也小聲的回我。

「可是……」我轉頭看向米克斯，他只是默默的目送我們，不打算跟我們走。

可多樂抬頭看著前方，邁開步伐，大聲的說：

「嘿，勘助，走嘍！」

我轉頭看，勘助正朝我們走過來。我又看了一下米克斯，跟他說：「米克斯，再見……」接著立刻跑到可多樂身邊。

在「再見」之後，我應該接「待會見」還是「要保重喔」？

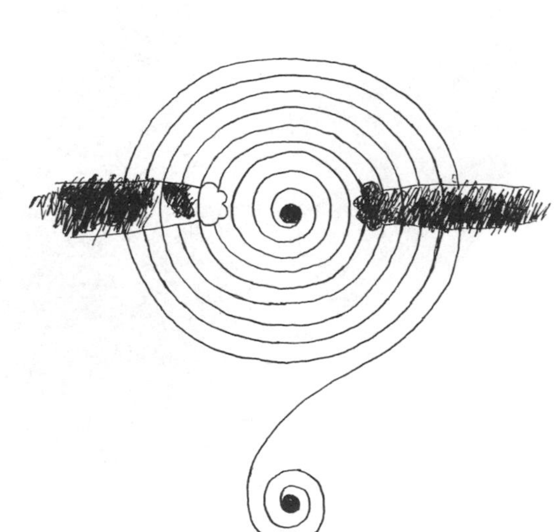

老實說，這個時候我還無法確定。

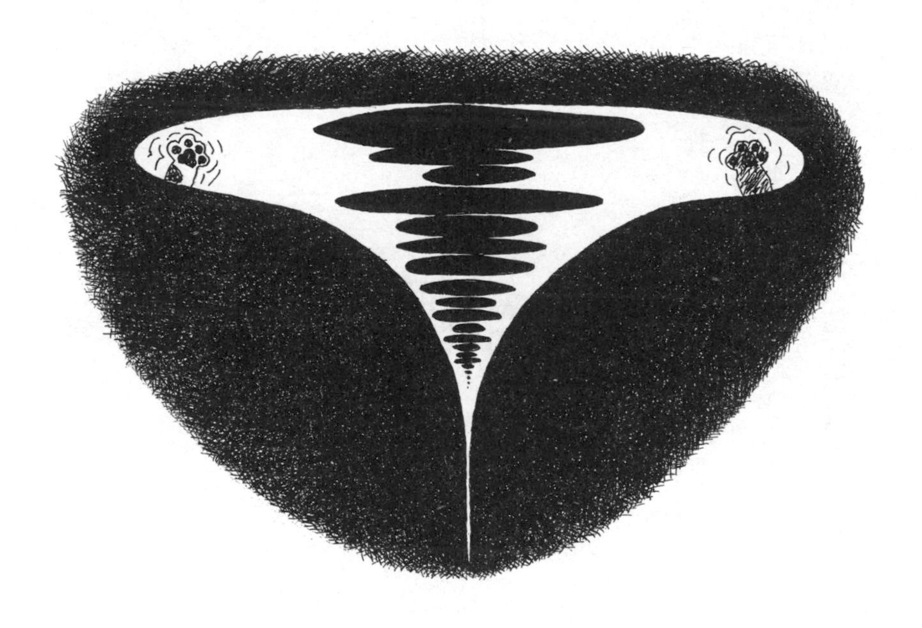

22

終曲

我後來想想，「米克斯，再見……」之後，究竟該接「待會見」還是「要保重喔」？答案揭曉，是「待會見」。

條紋貓勘助帶我們去寺廟吃午餐。他說，只要有貓去那間寺廟，那裡的和尚一定會拿出食物餵貓。

可多樂聽到這件事就說：「既然如此，武田信玄這個名字就給和尚吧！對了，信玄是出家成為和尚……不、應該是說武田信玄原本叫做武田晴信，他出家之後才改名為信玄。既然是出家後才改的名字，稱和尚為信玄再適合不過。我決定了，武田信玄這個名字就送給那位親切的和尚吧！」

到了傍晚，我們在甲府站北口的天橋等米克斯，條紋貓勘助也在。

可多樂早上說「大概傍晚回去，坐在特急列車的窗邊座位眺望夜景，別有一番風味」，就是告訴米克斯「傍晚我們會在車站等你」。

冬天的晚霞染紅了天空，米克斯從武田神社跑過來。

我們一起走進車站，在月臺角落等待特急列車進站時，條紋貓勘助問我：「你們真的要搭特急列車嗎？」

白天條紋貓勘助帶我們去車站南口欣賞武田信玄銅像時，我曾告訴勘助，我們要搭特急列車回去。其實在說這件事之前，我跟他說我們是從東京來的，他還不可置信的說：「怎麼可能？」

特急列車進站了，車門打開，我、可多樂和米克斯上了車。條紋貓勘助看到我們上車，喃喃自語：「原來是真的啊……」接著對我說：「要再來玩喔！」

不知道為什麼，條紋貓勘助帶我和可多樂四處參觀時，他幾乎不跟可多樂說話，只找我聊天。

我覺得他應該不是怕可多樂，而是心情太過複雜，不知道該怎麼和可多樂相處。

「嗯，有機會一定再來玩。」我回他。雖然表現出來的態度很肯定，但我內心想著或許以後不會再來了。

像是看穿我的想法，列車開動之後，可多樂對我說：

「東京到甲府很快，兩個多小時就到。你想來的話，隨時都能來。」

接著，可多樂對米克斯說：

「米克斯，你也是這麼想才決定和我們回家的，對嗎？」

「嗯……我也不知道。」米克斯只這樣說，之後就不說話了。

回程與來的時候，搭車順序正好顛倒。我們在ＪＲ小岩站下車，走出北口的剪票口時，米克斯跟我說：

「我只是想看看前主人現在過著什麼樣的生活，我從來都沒想過搬去跟他一起住。」

「你怎麼不早說呢？」我看著他。

「雖然話是這麼說啦，但要是我去看了他之後，改變心意怎麼辦？到時候我就會留在甲府生活，你就得獨自回東京，我真的說不出口。」

走在前面的可多樂回頭看我們一眼，邊走邊說：

「不是獨自回去，是和我一起回去。別忘了我也在喔。」

「出發的時候，我怎麼也沒想到你會跟著來。」米克斯說。

可多樂停下腳步，對米克斯說：

「說什麼傻話！我可不是跟著你們來的，只是你們先到了我想去的地方而已。」

讀書會

魯道夫在幫米克斯調查前主人的期間，
意外學會了如何搭乘地鐵，
也在可多樂的「教導」下，
認識了另一個城市甲府的文化與歷史，
一起來跟著貓咪們的足跡，
完成城市走讀地圖吧！

貓咪城市走讀地圖

活動設計／廖淑霞（臺北市私立再興小學研究教師）

從岐阜流浪到東京的黑貓魯道夫，在可多樂悉心的教導下，不但成為一隻有教養的貓，也成為一隻識字的貓。識字的魯道夫陪伴米克斯，完成走訪舊主人的旅程，讓我們一起幫貓咪們完成東京到山梨縣甲府市的城市走讀地圖。

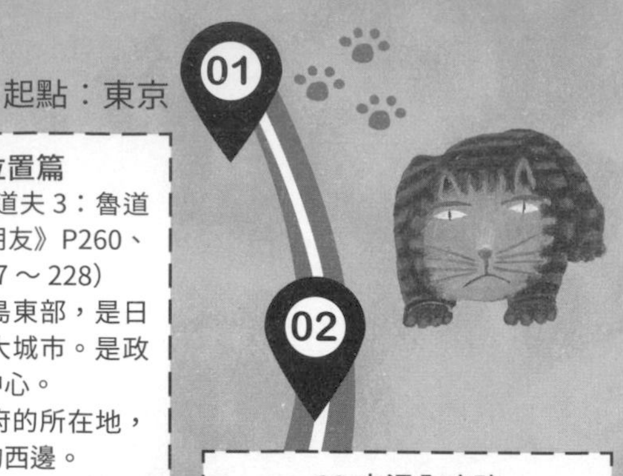

起點：東京

01 地理位置篇

（線索：《黑貓魯道夫 3：魯道夫和來來去去的朋友》P260、本書第 16 話 P227 ～ 228）

東京位在日本本島東部，是日本的首都和第一大城市。是政治、文化及經濟中心。

甲府是山梨縣政府的所在地，山梨縣緊鄰東京的西邊。

02 交通全攻略

（線索：第 17 話 P236 ～ P243）

· 路線 1：

· 路線 2：

03

03 美食情報站

（線索：第 15 話 P220）

04

04 景點一把抓

（線索：第 17 話 P245 ～ P260）

· 景點 1

· 景點 2

05 當地歷史與故事

（線索：第 17 話 P245 ～ P248）

05

終點：山梨縣甲府

我的城市走讀地圖

魯道夫與米克斯憑藉著智慧與勇氣，以及事前查詢目的地的相關書籍與訊息，完成這一趟充滿冒險與文化探索的旅程，你也可以試著找尋一個自己喜愛或從未去過的城市，搜尋資訊，在旅行之前完成旅遊計畫書。

後記

齊藤　洋

這已經是我第五次收到魯道夫託友人轉交的稿子了。和之前一樣，我重新謄寫了稿子，寄給出版社。

我經常收到讀者來信詢問：「魯道夫還沒把下一本書的稿子寄給你嗎？」

我總是回答：「很抱歉，還沒有。」現在出了第五集，暫時不用對讀者感到抱歉，我稍微能鬆一口氣了。

先不說這個了，前三集《魯道夫與可多樂》、《魯道夫．一個人的旅行》和《魯道夫與來來去去的朋友》，原稿都是寫在夾報廣告紙的背面、從筆記本上撕下來的紙以及百貨公司的包裝紙上。不過，第四集《魯道夫與白雪公主》除了上述的紙張外，還摻雜了一部分沒用過的影印紙。這一次，全新影印紙的分量大幅增加，幾乎占了一半。

與第一集《魯道夫與可多樂》相比，書中的每個章節，字寫得越來越工整。最重要的是，文字大小都一樣，讀起來很輕鬆。

我猜魯道夫用的影印紙是日野先生家的，

而且，日野先生家一定有電腦。或許再過不久，魯道夫就會寄來電腦打字的稿子。仔細想想，電腦用法並不難，魯道夫只要看日野先生用幾次，一定可以馬上記住。

如果魯道夫真的會用電腦，我就不需要重新謄寫，想到這裡，反倒覺得悵然若失……

黑貓魯道夫5

魯道夫與米克斯

文｜齊藤 洋
圖｜杉浦範茂
譯｜游韻馨

責任編輯｜江乃欣
特約編輯｜劉握瑜
封面及版型設計｜李潔、林子晴
電腦排版｜中原造像股份有限公司
行銷企劃｜陳佩宜、林思妤

天下雜誌群創辦人｜殷允芃
董事長兼執行長｜何琦瑜
媒體暨產品事業群
總經理｜游玉雪
副總經理｜林彥傑
總編輯｜林欣靜
行銷總監｜林育菁
主編｜李幼婷
版權主任｜何晨瑋、黃微真

出版者｜親子天下股份有限公司
地址｜台北市104建國北路一段96號4樓
電話｜（02）2509-2800　傳真｜（02）2509-2462
網址｜www.parenting.com.tw
讀者服務專線｜（02）2662-0332　週一～週五：09:00~17:30
傳真｜（02）2662-6048　客服信箱｜parenting@cw.com.tw
法律顧問｜台英國際商務法律事務所・羅明通律師
製版印刷｜中原造像股份有限公司
總經銷｜大和圖書有限公司　電話：（02）8990-2588

出版日期｜2023年8月第一版第一次印行
定價｜350元
書號｜BKKCJ101P
ISBN｜978-626-305-508-7（平裝）

訂購服務
親子天下 Shopping｜shopping.parenting.com.tw
海外・大量訂購｜parenting@cw.com.tw
書香花園｜台北市建國北路二段6巷11號　電話（02）2506-1635
劃撥帳號｜50331356　親子天下股份有限公司

立即購買 >

國家圖書館出版品預行編目資料

黑貓魯道夫. 5, 魯道夫與米克斯/齊藤洋作；杉浦範茂繪；游韻馨譯. -- 第一版. -- 臺北市：親子天下股份有限公司, 2023.08
320面；14.8×21公分. -- (樂讀456；101)
ISBN 978-626-305-508-7(平裝)
861.596　　112008314

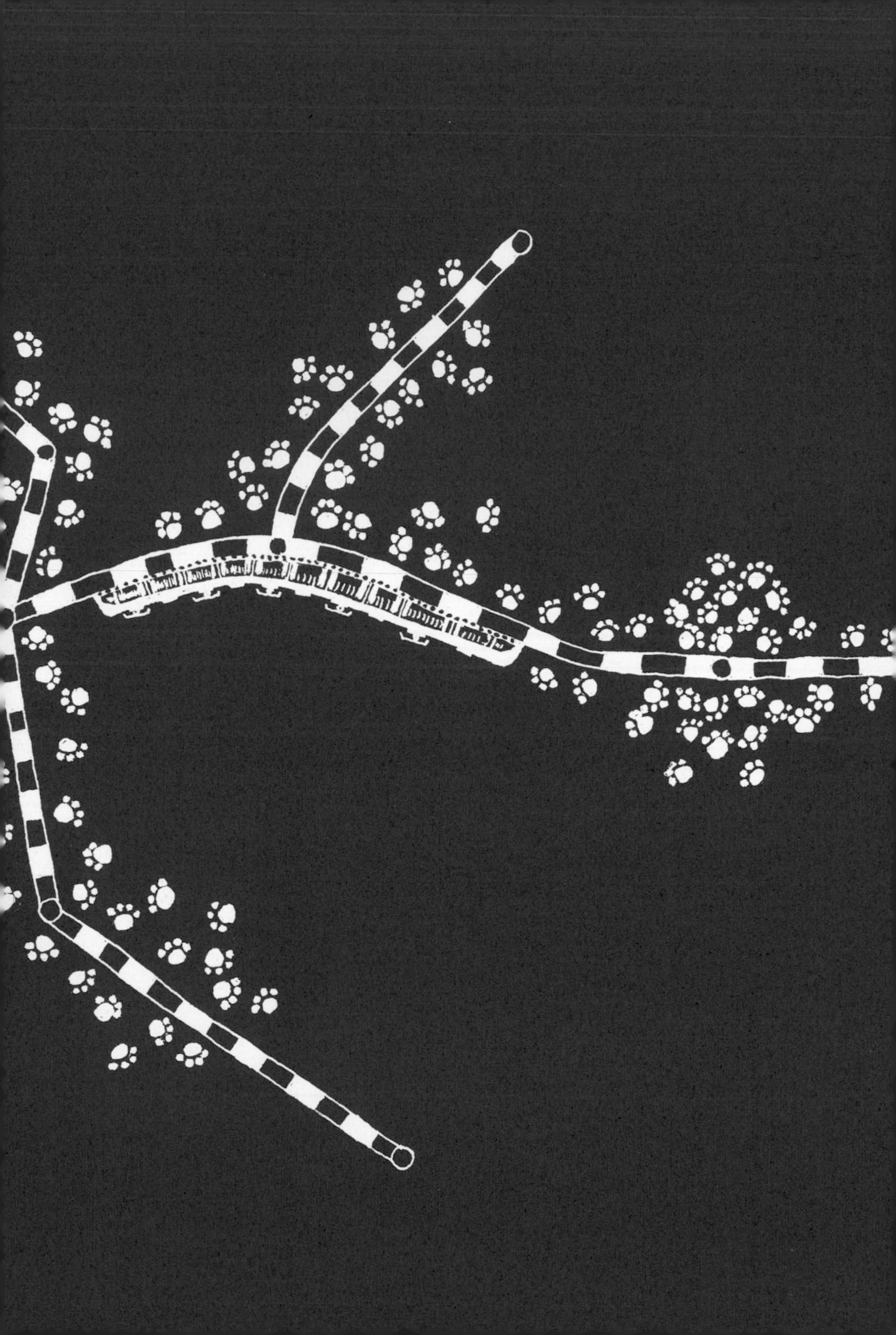

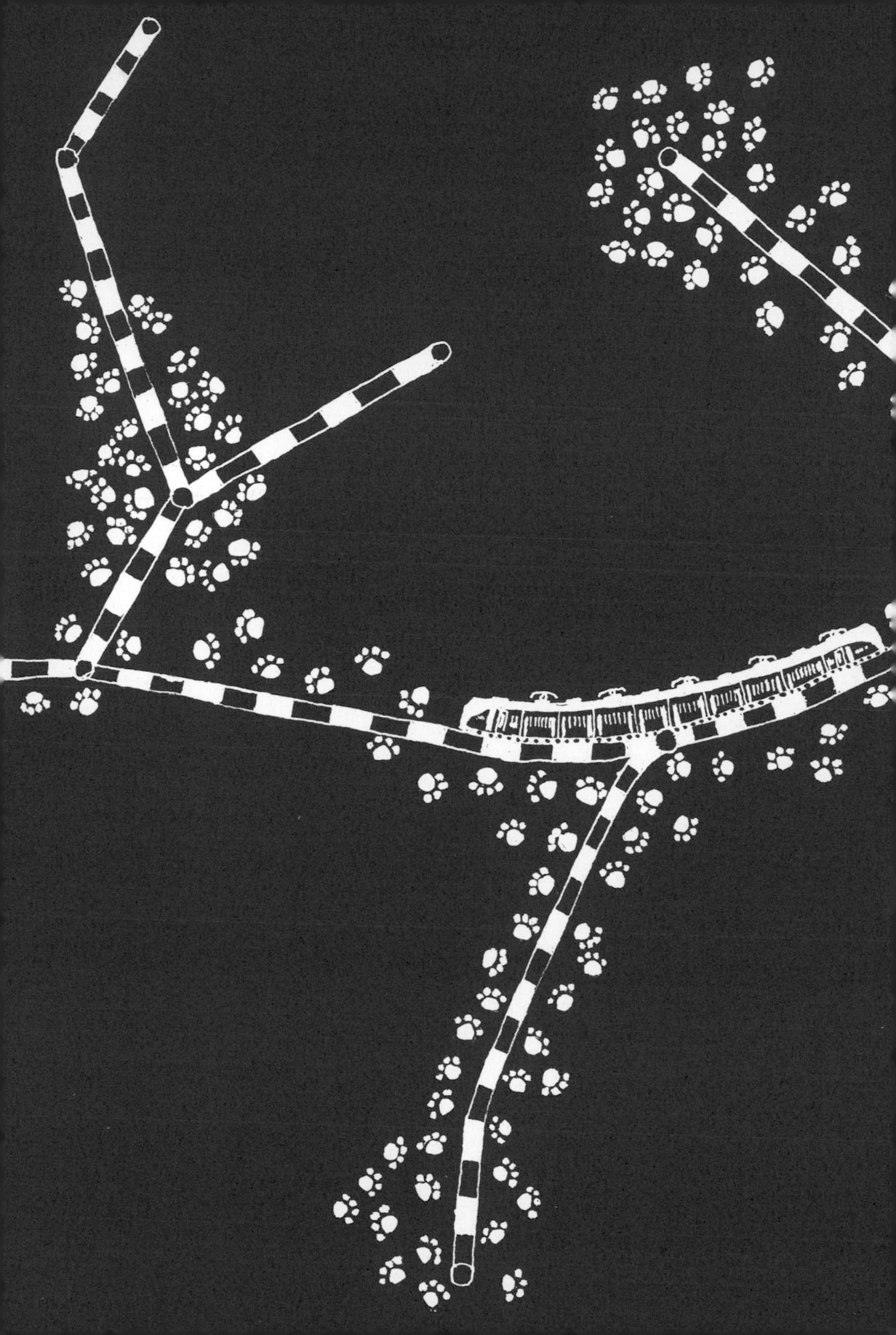